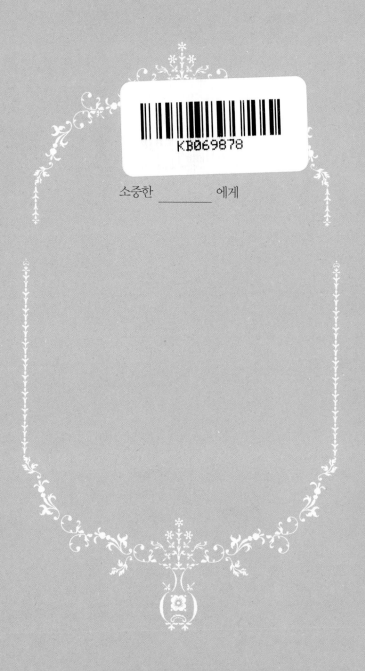

소중한 _____ 에게

엄마의 이름으로
너의 꿈을 응원한다

어느 평범한 엄마의 감동적인 교육편지 49

박자숙 지음

다섯
개유

"엄마는 날 몰라. 엄마는 날 이해 못 해!"

우리 아이가 한 말 중에 제가 처음으로 충격을 받은 말은 이 말이었습니다. '뭐 내가 저를 모른다고? 어떻게 그런 말을 할 수 있지?'

엄마인 저는 이루 말할 수 없는 충격을 받았고 그 말은 곧 제게 상처가 되었습니다. 아마 눈물까지 글썽였던 것 같습니다. 태어난 순간부터 함께 했고 조그만 몸짓, 미묘한 눈빛 하나에서도 감정의 변화를 읽어낸 엄마에게 자기를 모른다고 말해? 아무도 알아듣지 못 하는, 말도 안 되는 말을 처음으로 이해했던 사람이 누군데 자기를 이해하지 못 한다는 말을 할 수 있지?

그러나 그것은 시작에 불과했습니다. 사춘기에 접어들자 아이는 잔뜩 성이 난 고슴도치 같았습니다. 거리감을 좁혀볼까 하고 애정표현을 했다가 귀찮다는 소리를 듣고, 도와주려 했다가 방해꾼이 되기 일쑤였습니다. 심지어 칭찬을 했다가 뭘 모르는 엄마로 오인을 당하기도 했답니다. 규칙을 정하거나 충고를 해야 하는 상황이 되면 아이의 눈치 먼저 살피는 비굴한 엄마가 되어갔습니다.

'왜 아이가 날 싫어하는 거지? 도대체 내가 뭘 잘못했지?'

그러나 저는 상처나 쓸어내리고 있는 엄마로 남지 않기 위해 노력했습니다. 아이가 화를 내는 것은 꼭 부모가 싫어서 그러는 것이 아니라는 생각을 했습니다. 사춘기에 분비되는 호르몬이 아이를 충동적으로 만들어 반항하는 거라고 애써 위로를 했습니다. 저는 아들을 어린아이로 생각하고 있었지만 아이는 이미 자신에게 닥친, 어른이 되려는 거대한 변화 속에서 혼란스러움을 겪고 있었습니다. 그렇게 아이의 새로운 자아를 인정함으로써 우리의 관계를 발전시켜 나갈 수 있었습니다.

고등학생이 되자 아이는 기숙사에 들어갔습니다. 우리의 대화는 주말이나 가능해진 것이지요. 아이는 여전히 자신이 누구이고, 무엇을 원하고, 무엇을 중요하게 생각하는지, 아직 자신의 자아를 완전히 형성하지 못 해 고민하고 있었습니다. 때로는 공부라는 현실의 문제 때문에 존재감마저 잃어가며 생활하고 있었습니다.

아이는 힘이 들 때마다 문자를 보내왔습니다. 현재의 모습에 만족하지 못 하고, 미래의 모습에 대해 불안한 감정을 털어놓은 뒤 이해와 위로를 받고 싶어 했습니다. 전 아이의 지친 감정을 어루만져 주고 응원해 주고 싶었습니다. 그래서 꾸준히 메일을 보냈습니다. 이 책은 이렇게 제 아이가 힘들어 할 때마다 엄마인 제 마음을 담아 보낸 편지들을 모아 놓은 것입니다.

평범한 이 편지 모음이 책이 될 수 있었던 것은 우연한 기회에서였습니다. 딸과의 대화가 언제나 싸움으로 번지는 동생 모녀에게 도움이 될까하여 편지를 보여 주었습니다. 그런데 뜻밖에도 좋은 결과가 있었습니다. 아이의 입장에서는 자기가 고민하는 문제들이 그 속에 있었고, 엄마의 입장에서는 자기가 하고 싶은 말이 그 안에 모두 있었다는 것이었습니다. 둘은 오랜만에 아무런 마찰 없이 다정스런 대화를 나누었다고 했습니다. 결국 부모자식들은 모두 비슷한 문제로 살아가고 있다는 것을 알게 된 것이지요. 그리고 다른 엄마와 아이들도 읽으면 좋겠다고 했습니다.

사춘기 아이를 둔 엄마, 물불 가리지 않고 공부해야 하는 아이를 둔 엄마라면 변해버린 아이로 인해 마음고생을 합니다. 그러나 그것은 부모의 입장에서만 그런 것은 아니랍니다. 아이들도 그에 못지않게 엄마의 말과 행동으로 상처받고 있으니까요.

자신이 뭔가를 잘하고 꼭 예쁜 짓을 해서가 아니라 그저 이 세상에 존재한다는 이유 하나로 충분한 관심과 사랑을 받는 아이가 있다면 어떨까요? "난 괜찮은 사람이구나. 가만히 있어도 난 중요한 사람이구나." 아이는 이런 확신을 가질 것입니다. 그것은 곧 자신에 대한 신뢰감으로 발전할 테고요.

엄마가 아이의 삶에 끼어드는 이유는 오직 하나입니다. 올바른 방향으로 이끌고 보호하기 위해서지요. 이것만 알아준다면 우리 아이들의 10대가 아무리 충동적이고 무례하다 한들 걱정하지 않아도 된답니다. 엄마들은 아이가 존재한다는 그 하나만으로 행복합니다. 그리고 응원합니다.

"힘 내, 엄마는 언제나 네 편이야."

소박한 엄마의 마음을
책으로 내 주신 다산에듀에 감사드립니다.

박 자 숙

목차

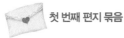 첫 번째 편지 묶음

꿈을 찾지 못 해
방황하는 너에게

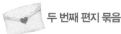 **두 번째 편지 묶음**

공부의 무게를
버거워하는 너에게

 **세 번째 편지 묶음**

어른이 되는 과정을
겪고 있는 너에게

네 번째 편지 묶음

포기하고픈 마음을
추스르려는 너에게

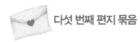

다섯 번째 편지 묶음

사람과의 관계를
힘들어 하는 너에게

 아들이 보낸 편지

엄마, 귀찮으셨죠?

"엄마, 연습장이 없어요."

"엄마, 나 감기 걸렸어요."

"엄마, 난 우울해요."

"엄마, 나 소화가 안 돼요."

"엄마, 마음이 답답해요."

"엄마, 혼란스러워요."

"엄마, 사는 것이 지루해요."

"엄마, 시간이 빨리 흘러가버렸으면 좋겠어요."

제가 엄마에게 보낸 휴대전화 문자의 내용들입니다. 문자를 보내는 날이면 엄마는 어김없이 기숙사로 저를 찾아오셨어요. 엄마는 그 말들을, 엄마를 보고 싶어 하는 아들의 마음으로 이해해 주셨던 것입니다. 연습장을 못 사고, 약을 못 사서 이런 문자를 보내는 것이 아니라는 것을 아셨던 것이지요.

　전 때때로 이유 없이 화가 났어요. 또 괜스레 외롭고 슬프기도 했어요. 두려워 도망치고도 싶었어요. 저는 누군가에게 내가 이렇다고 말해야 했습니다. 혼자서 감당할 수 없는 것들을 누군가가 해소시켜 주기를 원했습니다. 그 누군가는 언제나 엄마였어요. 그리고 제가 알에서 깨어나기 위해 두꺼운 껍질을 쫄 때마다 그 바깥에서 엄마는 긴 시간을 서성이며 기다리고 계셨습니다. 저보다 더한 인내로 기다려 주셨습니다. 제 삶의 중심에는 언제나 엄마가 있었습니다. 저의 혼란, 불안, 고통을 여과시켜 주는 엄마의 편지가 있었습니다.

　제가 물었습니다.
　"엄마, 귀찮았죠?"
　엄마는 웃으며 말씀하셨습니다.
　"아니, 조금도. 그 누군가가 이 엄마였다니 오히려 고맙기만 한걸."

고마워, 엄마 마음 편하게 해 줘서

"엄마, 펜이 없어요."

필기구가 부족하다는 아이의 문자를 받았습니다. 퇴근 후 서둘러 문방구에 들러 빨강, 파랑, 녹색의 펜을 한 움큼 사 정신없이 학교로 향했습니다.

바쁜 내 마음은 아랑곳없이 버스는 정거장마다 빼놓지 않고 사람들을 내려놓고, 신호등이란 신호등은 다 쉬어가고 있었습니다. 진즉 운전이라도 배워둘걸, 이러다 우리 아이를 만날 수 있는 기숙사 휴식시간을 놓치면 어떡하나, 조바심이 났습니다.

아이에게 무슨 일이 있는 걸까, 지난 주말 기숙사로 돌아가는 아이를 배웅했던 생각이 떠올랐습니다. 고개를 푹 숙이며 걷던 아이는 "엄마, 이 시절이 화살처럼 지나가버렸으면 좋겠어요"라고 말했습니다.

그때 아이는 유난히 지쳐 있고 힘이 들어 보였습니다.

멀리 학교의 모습이 보이는 때부터 저는 마음이 저려옵니다. 불야성을 이루고 있는 저 많은 교실, 그 교실의 어느 한 자리에 나의 아들이 앉아 밤이 늦도록 졸린 눈을 비벼가며 공부를 하고 있을 테니까요.

체육관 옆, 공터에서 아이를 기다렸습니다. 희미한 달빛 사이로 여러 대의 차들이 보였습니다. 어둠이 익숙해지자 차 안이 훤히 보이기 시작했습니다. 차 안에는 이미 아이들이 타고 있었습니다. 엄마들은 한 손에 물병을 들고, 아이가 먹는 모습을 흐뭇하게 지켜보고 있었습니다. 내 손을 바라보았습니다. 필기구가 든 아주 작은 가방뿐이었습니다. 나는 왜 저런 생각을 못 했을까.

"엄마!"

기다란 팔다리를 휘휘 내두르며 아이가 달려오고 있었습니다.

"엄마, 오래 기다렸어요?"

"아니, 금방 왔어. 이제 기분 좀 나아진 모양이네?"

"네."

"엄마 보니까 기분이 좋아진 거야?"

"네."

"엄마도 먹을 것 좀 사서 올걸 그랬나 봐. 여기저기 먹는 모습이야."

"엄마, 무겁게 들고 오지 않아도 돼요. 엄마는 멀리서 오는데요 뭘. 그리고 지금 들어가면 간식시간이에요."

그래도 아이가 좋아하는 것 좀 사서 올걸. 왜 그렇게 생각이 짧을까. 마음 속에서 네가 엄마가 맞냐는 자문자답이 계속 되고 있었습니다.

"저 엄마들은 날마다 오니?"

"날마다는 아니고 자주. 아마 보약 때문일 거예요."

나는 마음이 아팠습니다. 이런 엄마의 마음을 아는지 모르는지 환하게 웃고만 있는 아들에게 너무나 미안했습니다.

"미안해. 엄마는 미처……."

"난 괜찮아요. 펜은? 와, 많다. 나는 이런 모양이 좋아요. 내가 사는 것보다 엄마가 더 잘 고른다니까요."

아이의 밝아진 모습을 보니 안심이 되었습니다. 그때 휴식시간이 끝났음을 알리는 벨 소리에 아이가 뛰어가다 말고 다시 돌아왔습니다.

"엄마, 먹고 싶은 것 있으면 문자 보낼게요."

그리고 며칠 후, 문자가 왔습니다.

'엄마, 햄버거랑 음료수 좀. 같은 방 친구들이랑 먹게 여섯 개 정도.'

빵이 든 봉지를 건네받으며 아이가 물었습니다.

"엄마, 이제 마음 편해졌어요?"

"응? 으응."

언제나 응석받이일 것만 같던 아이, 그 아이는 엄마 마음까지 헤아릴 줄 아는 멋진 남자로 자라고 있었습니다.

"고마워, 엄마 마음 편하게 해 줘서."

"엄마, 이번이 마지막이에요. 간식 너무 배부르게 먹으면 잠 와서 공부 못 하거든요. 헤헤."

첫 번째 편지 묶음

꿈을 찾지 못해
방황하는 너에게

너는 특별해.

아주 특별하단다.

언젠가 네가 그 말을 깨닫는 순간이 올 거고,

그 순간 넌 삶에서

가장 위대한 발견을 하게 되는 거야.

난아직꿈을 찾지못했어요

"엄마, 시간을 잡아두고 싶어요. 더 많은 시간이 흐른 미래에는 뭔가 되어 있어야 하는 거잖아요. 이를테면, 성공을 하거나, 사회에 꼭 필요한 사람 말이에요.

나는 공부를 아주 잘 하는 친구도 부럽지만 그보다 더 부러운 친구는 이루려고 하는 꿈이 확실한 친구에요. 난 특출한 재능도 없고 관심을 갖는 것도 없이 공부만 하고 있잖아요. 아직 준비가 안 됐다고요.

나는 지금 나무를 기어오르는 한 마리 개미에 불과해요. 내가 너무 작고, 하찮게만 느껴져요. 이런 내가 무엇을 할 수 있겠어요? 꿈을 가져야 하겠지만, 그 꿈이 나를 어디로 데려갈지 두렵기만 한 걸요."

"아니야. 너는 특별해. 아주 특별하단다.

언젠가 네가 그 말을 깨닫는 순간이 올 거고, 그 순간 넌 삶에서 가장 위대

한 발견을 하게 되는 거야."

• •

너는 특별하단다.

아빠와 엄마가 사랑하는 자식이어서 특별하고, 언젠가는 이 세상의
한 부분을 담당해야 하므로 특별한 존재란다. 스스로가 작고 하찮아서
불행하다고 생각한다면, 행복해져야 하기 때문에 특별하고, 행복하다
면 더 행복해져야 하기 때문에 특별한 존재지. 그렇게 특별한 네가 이
제는 세상을 향해 팔을 벌려야 할 때가 되었단다.

그렇다고 두려워하지는 마. 세상의 한가운데 서 있는 건 너야. 무엇
을 해야 하고, 어디를 향해 가야 하는지는 네가 천천히 정하면 돼. 그
리고 한 발 한 발 내딛는 거야.

특별한 자신을 위해 해야 할 일이 무엇인지를 깨닫는 것. 그것은 곧
자신을 깨닫는 것이고 삶에서 가장 위대한 발견을 하는 것이란다.

인터넷 서핑을 하다가 우연히 재미있는 급훈들을 접하게 되었어.

"10분만 더 공부하면 마누라가 바뀐다."

"포기란 배추를 셀 때만 쓰는 말이다."

"밥값은 하자."

"오늘 걷지 않으면 내일 뛰어야 할 것이다."

"나도 쓸모가 있을걸?"

"원서 쓸 때 웃자."

"재수 없다."

웃음은 나오지만, 재미있다며 웃어넘길 수만은 없는 내용들이었어. 10대의 다짐과 자아정체성이 한눈에 들여다보이고 가슴을 뭉클하게 하는 말들이었지.

너희들은 공부로 숨이 막혀버릴 것만 같은 처지를 긍정적으로 받아들이며 어떻게 극복해야 하는지를 스스로 알고 있더구나. 부모 입장에서 얼마나 기특하게 느껴지던지. 하고 싶은 수많은 것들을 뒤로 미루고 공부에만 전념해야 하는 상황이 지겨울 텐데도, 10분만 더, 포기하지 말고, 쓸모 있는 사람이 되기 위해, 밥값은 하자며 자신들을 다독거리는 모습에 엄마의 마음이 왜 이렇게 울컥해지는 걸까?

흔히 10대를 감성이 가장 풍부한 시기라고 얘기들을 하지. 풍부한 감성은 이것도 기웃거리고, 저것도 누리라고 속삭일 거야. 그러나 현실은 공부만 하라고 강요하고 있어. 때로 부모의 지나친 기대는, 꼭 성취해야 한다는 부담감과 강박관념이 되어 숨이 막히게도 할 거야. 그래서일까, 자신감이 없거나 실패할 것을 미리 걱정해 열등의식에 빠지기도 하지. 10대라는 시기는 스스로 판단하여 실천하기에는 아직 부족한 점이 많은 나이야.

그러나 너희 10대들은 매순간 성장하고 있단다. 길은 여러 갈래로 열려 있고, 설령 돌아서 간다 해도 잃는 것보다는 얻는 것이 많은 법이야. 남보다 뛰어나려 애쓰기보다는 남과 다르기 위해 애쓰고, 남보다 앞서기보다는 언제나 최선을 다한다고 생각하렴.

네 안의 잠재력, 가능성은 항상 이렇게 말하고 있단다.

"뛰어봐. 넌 언제든 준비가 되어 있어."

나는 누구보다도 멋진 인생을 살고 싶어요

"엄마, 나는 누구보다도 많이 보고 싶고, 누구보다도 많이 느끼고 싶어요. 그리고 그것들을 내 것으로 만들어 꺼내 볼 수 있도록 차곡차곡 저축하고 싶어요. 내 인생을 내가 선택해야 한다면 준비가 필요하다고 생각하기 때문이에요.

나를 어떻게 다듬어야 좋을지 매일 생각해요. 인생은 단 한 번이라 말하면서 무감각하게 사는 사람들, 생활에 치이고 치여서 의무감으로만 사는 사람들. 그런 사람들이 사는 그저 그런 삶이 아닌 멋진 인생, 멋진 나를 만들 거예요.

엄마, 꼭 모두가 우러러보는 거창한 꿈이어야만 하는 것은 아니죠?"

"너는 어떤 사람이 되고 싶어? 네가 가장 하고 싶은 일이 뭐야? 너의 마음을 들뜨게 하고, 너의 마음을 기쁨으로 가득 가득 채우는 것 말이야.

그 흥분, 기쁨이 너의 꿈이 되어 네가 원하는 멋지고 행복한 인생을 만들 수 있단다. 그러니까 서두르거나 초조해하지 마."

• •

다섯 살 아이에게 물었어.

"꿈이 뭐니?"

"꿈은 잠 잘 때 꾸는 거잖아요."

"아니, 커서 어떤 사람이 되고 싶은지 말이야."

"아, 그 꿈! 유치원 선생님이 될 거예요."

"유치원 선생님이 되면 어떤 일을 하고 싶어?"

"아이들에게 옛날이야기를 많이많이 해 줄 거예요."

칠순이 되신 할아버지께 여쭤 봤어.

"할아버지는 꿈이 뭐예요?"

"다 늙어서 무슨 꿈이야. 이제 죽는 일만 남았지."

"할아버지께도 꿈이 있었잖아요?"

"물론 나에게도 꿈이 있었지. 하지만 젊었을 때 얘기라네."

또 다른 할아버지께 여쭤 봤어.

"할아버지께도 젊었을 땐 꿈이 있었지요?"

"무슨 소리야? 지금도 난 꿈이 있어."

"어떤 꿈인데요?"

"아프리카를 여행하는 게 나의 꿈이라네. 요즘 체력을 단련하고 있지."

"아프리카 여행의 꿈이 이루어지면 꿈을 다 이루시는 건가요?"

"다음 단계가 또 있지. 나의 꿈은 끝이 없다네."

이 세상에 꿈이 없는 사람은 없을 거야. 꿈이 있느냐 없느냐는 막연하게 꿈만 꾸며 사느냐, 아니면 구체적인 목표를 가지고 사느냐의 차이라고 할 수 있어. 꿈을 이야기할 때 우리는 흔히 성공과 결부시키는 버릇이 있지. 사람들이 꿈과 성공을 결부시키는 이유는, 모든 성공한 사람들은 분명한 목표를 가지고 있었기 때문이야. 분명한 목표가 바로 꿈이었고 그 꿈을 위해 묵묵하게 자신만의 길을 간 것이지.

꿈은 삶의 방향을 결정해. 막연한 꿈은 방향을 무시하고 그저 속도만을 재촉할 뿐이란다. 결국 가도 가도 끝이 보이지 않거나, 전혀 의도하지 않은 다른 곳에 도착할 수도 있는 것이지.

그렇다면 이쯤에서 꿈을 한번 정리해 보자. 너의 꿈이 무엇이고 어디 만큼 와 있는지. 만약 막연한 꿈을 가지고 있다면 지금이라도 늦지 않아. 정말 하고 싶은 일이 무엇일까, 내가 잘하는 것이 무엇일까, 나의 모든 노력과 집념을 쏟아 붓고 싶은 일이 무엇인가를 생각해 보는 거야. 네가 누구이고, 무엇을 원하고, 무엇이 되고 싶은지가 너의 꿈을 말해 준단다.

그 다음은 미래의 꿈, 즉 목표에 대해 구체적인 장단기 계획을 세우는 거야. 먼저 10년 단위로 계획을 세우고, 10년을 다시 5년 단위로, 그리고 5년을 1년 단위로 세분화시켜 구체적으로 적어 보는 거야. 무작정 인생을 산 사람과 설계한 인생을 산 사람은 어른이 되어 확연한 차이가 있다는 통계도 있단다.

꿈에 따른 계획이 있어야 네가 가고 있는 방향이 맞는지를 그때그때 확인할 수 있고 수정도 할 수 있어. 꿈이 분명한 사람은 열정적일 수밖에 없단다. 꿈은 네가 지쳐 힘들어할 때, 손을 내밀어 일으켜줄 거야.

나 슬럼프에
빠졌나 봐요

. . . .

"엄마, 내게는 꼭 이루고픈 꿈이 있는 걸 아시죠? 최근에 그 꿈을 이

룰 세세한 목표들을 적어봤어요. 그런데 깊이 들어갈수록 우울해지

기만 해요.

과연 내가 하나씩 이루어서 결국 꿈에 도달할 수 있을까, 내게 그만

한 끈기가 있을까 하는 의문이 생기더라고요. 내가 정말 잘 할 수 있

을까? 원하는 삶을 살 수 있을까? 생각하면 할수록 부정적인 생각만

들어요.

엄마, 나 슬럼프에 빠졌나 봐요. 늪에 빠진 것처럼 빠져나오려고 애

를 쓸수록 더 깊이 빨려 들어가고 있어요. 어떻게 해야 하죠?"

"목표를 세웠다면 다음은 시작의 단계야. 이제부터 철저히 준비를 하는 것이지. 우선 실현 가능한 제일 작은 것부터 도전해 보는 게 어떨까? 잘하려고 노력하다 보면 슬럼프에 빠지는 것은 당연해. 더 높이 날 수 있다는 가능성을 말해 주는 증거지. 그러니까 지나치게 슬럼프를 걱정하거나 신경 쓰지 않는 게 좋아. 슬럼프는 계속되지 않는단다."

• •

"처음 시작할 때 100이면 100, 망할 거라고 말했다."

이 말은 뮤지컬 '명성황후'를 연출했던 연출가 윤호진 씨의 말이야. 1995년 뮤지컬 명성황후의 막이 오르자 관객들의 반응은 폭발적이었어. 커다란 성공이 늘 그랬듯이 명성황후도 시작할 때는 모두가 실패할 것이라고 말했다는구나. 그도 그럴 것이 뮤지컬 시장이 형성되어 있지 않은 당시로 볼 때 제작비만 총 10억 원 이상 들어가는 작품을 만들겠다고 하니 100이면 100, 다 망할 거라는 말이 무리는 아니었을 거야.

하지만 연출자는 그에 굴하지 않는 신념으로 세상이 놀랄 만한 기적 같은 일을 만들어냈어. 우리의 아픈 역사를 통해 애국이 뭔지를 보여 준 감동과 교훈이 서린 뮤지컬 명성황후는, 이렇듯 자신의 가능성을 믿은 한 사람에 의해 만들어진 무척 감동적인 작품이란다.

사람들은 기적이라고 말했어. 도저히 이루어질 수 없는 일이 일어난 것이라고 했지. 그러나 명성황후가 1991년부터 준비된 작품이라는 것을 아는 사람은 드물 거야. 가능성을 기적으로 바꾼 힘 뒤에는 철저한 준비가 있었다는 것을 잊어서는 안 된단다.

무모한 도전이라는 말이 있어. 그러나 모든 성공을 들여다보면 애초부터 무모하다는 주위의 걱정스러움과 냉대가 있었어. 지켜보는 입장에서는 도저히 이루어질 수 없고 성공할 수 없어 보이는 일이라 할지라도, 준비가 되어 있는 사람에게는 얼마든지 가능한 일이 되는 거란다.

어느 날, 경로당으로 자원봉사를 나갔어. 다른 경로당과는 달리 비교적 젊고 활동적인 분들이 많다는 정보를 들었지. 활동적인 노인들이라면 건강관리에 도움이 될 만한 내용이 좋겠다고 생각했어. 그래서 여러 날에 걸쳐 준비한 자료를 한 분 한 분에게 나눠드렸지.

"어이구, 글씨가 큼직하니 좋구면. 벽에 붙여놓고 매일 봐야겠어."

기뻐하시는 모습에 참 좋은 일을 했구나, 작은 나의 행동으로 이처럼 기뻐하시다니 자주 이런 기회를 가져야겠다고 마음먹었어. 그런데 한 할아버지는 자료를 옆에다 밀어놓고 가만히 앉아계시기만 하는 거야. 안경이 없어 그러신가보다 싶어 다가가 여쭤 봤지.

"할아버지, 안경이 없어서 안 읽어 보시는 거예요?"

"아니야. 난 글을 모른다오. 까막눈이야. 돋보기를 쓰고 책 읽는 친구들이 얼마나 부러운지 모른다오."

"지금도 늦지 않으셨어요. 연세 많으신 분들이 한글 공부하고 있는 곳을 알고 있는데 소개시켜 드릴까요?"

"돌아서면 금세 잊어버리는데. 나도 할 수 있을까?"

마침, 봉사활동을 나간 일행 중 한 분이 직접 가르쳐 드리겠다고 나섰어.

"지금은 이 세상에 계시지 않지만, 우리 아버지도 일흔이 넘을 때까지 글을 모르셨어요. 입원해 계시던 병원, 옆 병상의 대학생에게서 늦게나마 글을 배우기 시작했는데 얼마 지나지 않아 환자 이름을 다 읽으셨고, 서툴렀지만 병상일기도 쓰셨어요. 퇴원하신 뒤에는 영어 배우기에도 도전을 하셨어요. 외국인을 보면 달려가 먼저 영어로 인사까지 하셨는걸요. 할아버지도 늦지 않으셨어요. 제가 도와드릴게요."

이러한 도전의 예는 많단다. 독일의 안과의사인 히르슈베르크는 중세 아랍인 의사들이 남긴 원고를 읽기 위해 85세 때부터 아랍어 공부를 시작했다고 해. 결국 그 원고를 통독하고 나서 7권으로 된 「안과의학사」라는 방대한 저서를 남겼어. 괴테의 「파우스트」는 80세에, 칸트의 「순수이성비판」은 70세가 넘어서 저술되었고, 뉴턴은 85세에도 자신의 연대기를 썼다고 하는구나. 미켈란젤로가 '베드로 대성전의 원개'를 설계한 나이도 80세였다고 하니, 의욕만 있다면 불가능이란 존재하지 않는다는 것을 보여 주고 있지.

도전해서 결과를 성취해 본 사람에게 가능성의 문은 항상 열려 있단다. 그래서 또 다시 도전할 가치를 느끼고, 설령 실패한다 해도 좌절하지 않는 것이지.

어린 너에겐 무한한 세계가 펼쳐져 있어. 그건 모든 것을 가능하게 만드는 마법의 세계야. 지금부터 마음을 활짝 열고 도전할 자신감을 키운다면, 너의 상상 속에서 존재하는 '목표를 이룬 후의 모습'에 자연스럽게 다가서리라 이 엄마는 확신한단다.

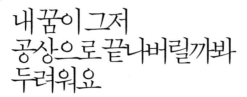

내 꿈이 그저
공상으로 끝나버릴까봐
두려워요

"엄마, 난 매일 최면을 걸어요. 난 내 인생을 창조하는 조각가이고, 멋진 작품을 만들어낼 거라고… 내가 꿈꾸는 건 허무맹랑한 공상이 아니라고…

하지만 난 생각만 하는 몽상가라는 생각이 들 때도 있어요. 왜 그런 사람 있잖아요? 매일 정해진 길로만 다니면서 가보지도 않은 길을 예찬하는 여행가, 편식을 하면서 먹어보지도 않은 음식을 과찬하는 식도락가. 호기심만 간직한 채, 가보지도 않은 길을 두려워하고 새로운 음식 맛보기를 두려워하는 그런 사람과 나는 하나도 다를 게 없는 것 같아요. 이런 내게 가장 필요한 것은 무엇일까요?"

"네가 어떤 사람이 되느냐는 지금 무엇을 생각하느냐에 달려있어. 생각은 결국 행동으로 드러나게 되어 있거든.

너의 생각은 쓸데없는 공상이 아니야. 단지 행동으로 옮겨지는 것이 늦어지고 있을 뿐이야. 네가 가진 정과 끌을 이용해 과감하게 행동으로 옮기렴. 그렇게 변화하는 거야. 그러기 위해서는 무엇보다도 너 자신을 활짝 열어 놓는 마음자세가 필요하단다."

• •

　꿈을 찾고 싶은 사람들의 모임이 있었어. 그들은 꿈이 한낱 환상에 불과하고, 그들로부터 멀리 있다고 믿으며 살아왔지만 지금부터라도 꿈을 찾아 가치 있는 인생을 살고 싶어 했어. 사람들은 둘러앉아 자신이 성공할 수 없었던 이유를 돌아가며 말했어.

　"난 목표는 있었지만 길이 보이지 않았어요. 아무도 내 목표에 관심을 두지 않았어요. 누군가 좀 도와줬더라면 아마……."

　"내겐 좀처럼 기회가 오지 않았어요. 행운은 언제나 주위사람의 것이었어요."

　"생활이 넉넉했더라면 난 꿈을 위해 뭔가 했을 거예요. 가난이 내 꿈을 가로 막았어요."

"난 애초부터 그런 꿈을 꾸는 게 아니었어요. 차라리 꿈이 소박했다면 내 인생은 달라졌을지도 몰라요. 꿈과 멀어지는 만큼 나는 불행해져만 갔어요."

사람들은 이루기에는 너무 컸던 꿈, 지치게 만든 어쩔 수 없었던 현실이 꿈을 방해했다고 말했어. 하나 같이 꿈을 이루지 못 하거나 포기하게 만든 환경이 야속하다고 말했어.

그때, 고개만 푹 숙이고 있던 한 사람이 말했어.

"난 게을렀어요. 남에게는 인색했으면서 게으른 내 자신에게는 한없이 관대했어요. 그것이 내가 성공할 수 없었던 이유였어요."

그러자 다른 사람들도 깊은 생각에 잠겼어.

"생각해 보니 난 열등감이 있었어요. 그래서 내 자신을 의심했던 것 같아요."

"맞아요. 난 실패하는 것이 두려워 항상 그 자리에 머물렀어요."

사람들은 차츰 무엇이 꿈을 포기하게 만들었는지 말하기 시작했어.

"난 불평으로 가득 차 있었어요. 불평하는 것이 취미였지요."

"난 완벽주의자였어요. 실수를 인정하는 것이 두려웠어요. 실수하는 것보다 아무 것도 하지 않는 편이 낫다고 생각했어요."

"우리는 간절히 원하기만 했지 꿈을 위해, 목표를 위해 최선을 다하지 않았군요."

사람들은 하나 같이 익숙한 것이 편해서, 게을러서, 두려워서, 열등감에 사로잡혀서 변화를 두려워했다고 말했어. 불평불만으로 인생을 허비한 것을 후회하며 이제라도 자신의 실체와 맞닥뜨리는 용기가 필요하다고 입을 모았어.

"이제 우리 자신을 변화시키는 일만 남았어요."

사람들은 어떻게 변화할지를 이야기하느라 시간이 흐르는 줄도 몰랐단다.

"주위사람들은 나를 산만하다고만 해요. 하지만 호기심이 많기 때문이라는 걸 알아 주었으면 좋겠어요."

산만하다고 자주 혼이 난다는 아이가 하는 말이었어. 호기심이 많은 것은 변화의 가능성이 그만큼 크다는 증거야. 호기심은 지루한 일상을 살맛나게 해 주고 유쾌함과 즐거움으로 가득 채워 주거든.

오히려 반복되는 것에 익숙해져 개선이나 변화에 대해 무관심해져서 새로운 것, 다른 것을 받아들이는 힘을 잃는다면 그저 그런 재미없는 인생을 살게 될 것은 뻔하지.

뚜렷한 목표가 있다면 그 목표를 위해 자신을 변화시켜야 해. 그렇다고 스스로에게 가혹한 요구는 하지 말아야 해. 스스로 완벽하다고 여기는 일이 다른 사람의 눈에도 완벽해 보이는 것은 결코 아니란다.

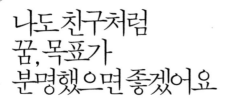

나도 친구처럼
꿈, 목표가
분명했으면 좋겠어요

· ·

"엄마, 오늘 친구와 작은 입씨름이 있었어요. 우리의 꿈, 목표에 관한

것이었는데, 나는 이것저것 탐색한 뒤 정해야 한다고 했고, 친구는

이것도 좋고 저것도 좋으면 언제 정하느냐고 했어요. 목표가 정해져

야 빨리 그에 따른 행동을 한다는 거였지요.

내가 물었어요. '꿈이 바뀌면 어떡할 건데?' 친구는 '당연히 행동의 방

향을 바꾸어야지. 그러나 그럴 일은 없어. 난 확실하거든' 하고 말했

어요. 사실은 나도 친구처럼 꿈이 확실하다면 좋겠어요.

엄마, 나처럼 꿈을 빨리 정하지 않고 탐색만 하는 것도 괜찮을까요?"

"목표는 쉽게 정할 수도 있지만 수많은 탐색의 과정을 거치기도 해. 꿈, 목표란 옳고 그름을 따질 수 있는 것이 아니야. 네가 겪고 있는 탐색의 과정은 이미 행동으로 옮기고 있다는 뜻이기도 해. 중요한 것은 흔들림 없이 소신대로 행동하는 것이란다."

• •

레밍이라는 동물이 있단다. 레밍은 북유럽 스칸디나비아 반도의 툰드라나 황야에서 서식하는 쥐 과의 동물이야. 몇 년마다 큰 폭으로 증식해 이동하기 때문에 나그네쥐라고도 해.

레밍은 무리의 우두머리를 따라 맹목적으로 달린단다. 앞의 쥐가 절벽에서 떨어져 죽더라도 뒤를 쫓는 쥐는 달리기를 멈추지 않고, 줄줄이 따라서 죽는 거야. 절벽을 강이나 바다로 착각하고 건너려 한 거지. 이것을 사회현상과 결부시켜 '레밍 딜레마'라고 한단다. 누군가 옳다고 하면 검증도 되지 않은 상태에서 무작정 따라가는 현상을 말해.

목표를 위한 행동에서 네가 주도적이 되지 않는다면 머지않아 레밍 딜레마에 빠지고 말 거야. 부모님이나 선생님, 주위 사람에게 보여 주기 위한 목표는 자신을 불태울 만한 힘을 발휘하지 못 해.

잭 웰치는 이런 말을 했어.

"너무 사소해서 땀 흘릴 만한 가치가 없는 일이란 존재하지 않으며, 실현되리라 바라기엔 너무 큰 꿈이라는 것도 존재하지 않는다."

진정으로 자신이 하고 싶은 일이 무엇인가를 생각해야 해. 누군가 나를 위해 대신 목표를 설정해 주었거나 좋아 보인다고 무작정 흉내 내는 것은 옳지 않아. 확신이 없는 목표는 오히려 걸림돌이 되어 용기와 의지를 꺾어버리고 말 거야. 또 자신의 모든 것을 과소평가하고, 자신의 단점과 다른 사람의 장점을 비교하게 만들어서 결국에는 아무것도 스스로 할 줄 모르는 무능한 인간으로 전락시키고 만단다.

"내 꿈은 누군가에게 세뇌당한 거예요. 그 안에 나는 없어요."

자기변명으로 어리광을 부리는 친구도 있을 거야. 하지만 너희들은 10대야. 이제부터 확실히 목표를 정할 수도 있고, 되고 싶은 것, 하고 싶은 것을 시간을 두고 찾을 수도 있어. 무엇보다 주위에는 너를 사랑하는 사람들로 가득하다는 것을 기억하렴. 그 사람들은 네가 어떤 상황에 처하더라도 격려하고, 도와주고, 인도해 줄 거야.

이어령 문학평론가가 쓴 「젊음의 탄생」이라는 책을 보면 아홉 개의 매직카드가 등장해. 그 중 두 번째 매직카드는 '물음느낌표'인데 진정한 젊은이는 의심하면서도 가장 먼저 행동하는 최초의 펭귄이라고 했어. 젊음은 물음표와 느낌표 사이에서 매일 죽고 매일 태어나는 것이란다. 즉, 끊임없이 생각하고 그 생각을 실천했을 때 비로소 창조적 지성이 탄생하는 것이지.

목표가 옳은지를 고민하고 있다면 너는 이미 출발점을 지나 결승점을 향해 달리려 하고 있는 거야. 머뭇거리거나 주저해서는 안 돼. 지금 당장 행동에 옮기렴.

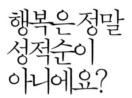

행복은 정말 성적순이 아니에요?

● ●

"엄마, 왜 사람들은 부와 명예를 가져다주는 꿈에만 열광할까요?
법관이 되고, CEO가 되겠다고 하면 '와' 하고, 청소부가 되겠다고 하
면 왜 '쌩' 하니 아무런 반응이 없는 거지요?
공부와 성공은 어느 정도의 관계일까요? 인간이 궁극적으로 추구하
는 것은 행복이라면서, 그리고 행복은 성적순이 아니라면서, 왜 우리
는 성적 때문에 울고 웃을까요? 나는 혼란스러워요."

"얼만큼의 부와 명예를 가져다 줄 꿈인가보다는 얼마나 행복하게 살게 해
주는 꿈인가가 중요해. 네가 원하고, 그것으로 행복해질 수 있다면 그 이상

의 가치는 없어. 공부란 꿈을 현실로 끌어내는 하나의 요소이기 때문에 중

요하단다.

· ·

너무도 더럽고 못생긴 강아지 한 마리가 스코틀랜드의 숲 속 작은 동

네에 나타났단다. 강아지는 오랫동안 굶은 탓인지 거의 죽어가고 있었

어. 길을 잃어 헤맨 탓에 몰골이 사나운 데다 어찌나 지저분한지 사람

들은 별로 신경을 쓰지 않았어. 그러다 마을 사람들은 강아지 목에 달

린 이름표를 주목하게 되었어.

그들은 이름표에 주인의 이름이 있을 거라 생각하고 강아지를 붙들

어 이름표를 보았어. 그 강아지의 이름은 '밥스'였고, 이름 밑으로 다음

과 같이 적혀 있었어.

"나는 이 나라 왕에게 속해 있다."

이 떠돌이 강아지가 왕의 강아지라는 사실을 안 사람들은 깜짝 놀랐

지. 곧 경찰에 보고가 되었고 강아지는 무사히 주인에게로 돌아갔어.

왕이 에딘버러 성에 휴가를 왔다가 그 강아지를 잃은 것이었단다. 강

아지는 왕궁으로 무사히 돌아가, 무서운 숲 속에서의 경험을 잊고 행

복을 되찾게 되었어. 수백 킬로나 떨어진 왕과 강아지를 연결시켜 준

것은 바로 이름표였던 거야.

이처럼 자신에게 붙여지는 이름표는 상대가 나를 보는 기준이 되기도 한단다. 어떤 이름표, 즉 어떤 브랜드가 붙느냐가 바로 인생을 살아온 이력이기 때문이겠지. 브랜드에 따라 위치가 결정되고 사람들이 대하는 태도 또한 달라진단다.

빌 게이츠가 학생들에게 들려준 이야기 중에 이런 대목이 있어.

"공부밖에 할 줄 모르는 바보한테 잘 보여라. 어쩌면 사회생활을 그 바보 밑에서 하게 될지도 모른다."

공부의 필요성을 일깨워 주는 말이야.

만약 의사가 되겠다는 꿈을 가졌다고 가정해 보자. 그 꿈을 이루기 위해서는 의과대학에 진학하는 목표를 가져야겠지. 그 목표를 위해 내신 1등급을 받아야 하는 목표도 잡아야 하고, 더 가깝게는 이번 기말고사에서 우수한 성적을 거두어야 해. 수능에서도 좋은 성적을 거두어야 하기 때문에 꾸준히 폭넓게 공부하지 않으면 안 돼. 일어나고 잠자야 하는 치밀한 시간계획까지 세워 공부하지 않으면 그 꿈은 이룰 수가 없는 것이지.

게으른 학생은 없다고 생각해. 단지 꿈과 목표가 없는 아이들이 있을 뿐이야. 꿈과 목표가 없기 때문에 공부에 대한 절박감이 없고, 당연히 공부에 집중할 수 없는 거야. 집중력이 부족하다고 느낀다면 목표를 점검해 볼 필요가 있어.

꿈을 위해 어느 정도의 시간을 투자하느냐가 중요해. 장기적으로 봤을 때 오랜 기간 마라톤을 하듯 꾸준히 공부해야 몇 배의 성과를 거둘 수 있단다. 너의 꿈에 가까워지고, 폭넓은 선택을 할 수 있도록 도와주는 것이 공부라는 것을 기억해야 해.

이제 너는 어린 아이가 아니란다. 너의 꿈에 가치를 부여하는 것, 폭넓게 공부하는 것, 그것이 바로 10대인 네가 해야 할 일이란다.

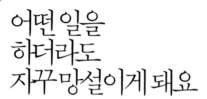

어떤 일을
하더라도
자꾸 망설이게 돼요

"엄마, 어떤 일을 시작하려 할 때, 자꾸 의심이 들면서 과연 이 일이

옳고 그른지 흐릿할 때가 있어요. 마음속에선 옳다고 계속 말하고 있

는데도 밀고 나가기가 어려워요.

그래서 생각한 것이, 많은 아이들 속에 묻혀가는 방법이에요. 군중심

리를 이용하는 거죠. 내가 비겁하고 용기가 없는 아이라고 속상해 하

지 않아도 되니까… 그러나 언제나 이렇게 묻혀서 흘러갈 수는 없겠

죠. 나의 마음속에서 거세게 야유가 일고 있거든요.

나를 망설이고 주저하게 만드는 것은 도대체 무엇일까요?"

"그건 생각의 뿌리가 깊지 못 하고 확신이 부족하기 때문이야. 함석헌 옹이 이런 말을 했어. 신념이 분명하지 않으면 생각이 일정하지 못 해 마음이 이랬다저랬다 하고 마음이 이랬다저랬다 하면 행동으로 이어질 수가 없다고 말이다.

무리에 기대는 버릇은 고쳐야 해. 무리에서 나오는 힘을 빌려 만용을 부리는 어리석음을 저지를 수도 있단다. 생각의 뿌리가 있는 침착한 남자로 자라다오."

· ·

가끔 관공서나 특별한 건물 앞에서 시위를 하는 사람들을 볼 수가 있어. 많은 사람들이 모여 구호를 외쳐대며 무언가에 저항하는 모습에서 단결된 힘의 위력이 느껴지지 않니? 사실 대중은 불가능할 것 같은 일들을 가능하게 만드는 힘을 가지고 있단다. 그러나 그와는 다르게 혼자서, 즉 1인 시위를 하는 경우도 있어.

햇살이 따갑던 어느 여름 날, 사람들이 바쁘게 오가는 도청의 계단 옆에서 검게 그을린 얼굴의 한 젊은이가 시위를 하고 있는 것을 보았어. 'FTA 반대', '영농후계자의 간절한 외침'이라 쓰인 커다란 도화지를 몸의 앞뒤에 붙이고, 확성기를 통해 무슨 말인가를 외쳐대고 있었어.

하지만 거리의 잡다한 소음에 묻혀 내용을 알아들을 수는 없었어. 간간이 들리는 단어들로 미루어 보건대 농촌의 현실을 알리고 있었던 것 같았지. 젊은이는 마치 수류탄을 짊어지고 있는 것이 아닐까는 생각이 들 정도로 비장한 모습이었단다.

사람들은 걱정 반, 무관심 반으로 지켜보며 여러 가지 생각을 했을 거야.

'왜 혼자서 저런 시도를 할까?'

'승산 없는 무의미한 저항이 아닐까?'

더 심한 생각을 하는 사람도 있었을 거야.

'할 일이 그렇게도 없나?'

그러나 그것은 타인이 바라보는 견해일 뿐이야. 정작 당사자는 승산 없는 싸움이라고 생각하지 않는다는 것이지. 비록 커다란 함성, 조직화된 힘은 없을지라도 그 싸움에 승산을 걸고 행동하겠지. 또한 승산을 걸고 최선을 다한 뒤라면 패하거나 이루지 못 했다고 해서 무의미한 싸움이었다고 생각지도 않을 거야. 어쩌면 그 과정 중에 자기 자신도 깜짝 놀랄만한 능력을 발견하거나 자신감을 가지기 때문이겠지.

인간은 승산이 있을 때만 저항하는 존재가 아니라는 것을 알아야 해. 목표를 가지고, 다른 사람의 시선 따위는 의식하지 않고 최선을 다할 때, 그만큼 목표에 가까워지고 성숙한 자신을 발견할 수 있는 것이란다. 좌절의 경험도 성공을 위한 교훈이라고 생각해야 해. 그리고 그러한 사람만이 진정한 승산을 바라볼 수 있단다.

"우리는 길을 찾거나 아니면 길을 만들게 될 것이다."

2천여 년 전 로마에 과감하게 맞섰던 카르타고의 명장 한니발이 한 말이야. 인생은 개척하기 나름이야. 네가 주저하는 이유는 자신감이 부족하기 때문이란다.

마음의 소리를 외면하고 핑곗거리를 찾아 두리번거리는 것은 비겁한 행동이야. 혹시라도 결과가 잘못되면 어쩌나 하는 걱정을 먼저 하게 된다면 어떤 생각이라도 행동으로 옮기는 것은 힘이 들겠지.

인생은 끊임없는 열정과 자신감 없이는 걸어갈 수 없는 길이야. 확신을 가지고 달리는 것이 무엇보다도 중요하단다.

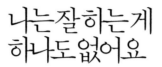

나는 잘하는 게
하나도 없어요

"엄마, 사람들이 갖고 있는 재능은 500~700 종류가 된다고 들었어요. 하지만 그 많은 재능 중에 공부, 음악, 미술, 심지어 운동까지 내겐 자랑할 만한 것이 하나도 없어요.

남다른 재능을 가진 아이들이 부러워요. 다른 사람과 나를 구별할 수 있는 것, 그것이 내게는 없는 거잖아요. 누구든 한 가지 재능은 가지고 태어난다는데 내게도 숨겨진 재능이 있기는 할까요?"

"물론이지. 너에게도 재능이 있어.

아주 어린 나이에 재능이 발견되어 신동으로 불리는 아이들도 있기는 하지만 대부분은 숨겨져 있는 경우가 많아. 지금은 단지 공부만 하느라 경험이 없어서 발견하지 못 했을 뿐이야. 좋아하는 일, 하고 싶은 일을 하다보면 너 스스로도 놀랄 만한 재능이 발견될 거야."

• •

세계적인 성악가 조수미 콘서트에 갔었단다.

늦은 밤, 야외공연장에서 울려 퍼지는 아름다운 목소리는 그야말로 세계가 극찬한 '천상의 목소리'가 틀림없었어.

"마치 부드러운 나뭇잎으로 나의 영혼을 깨우는 것 같아."

옆에 있던 작가가 부드러운 목소리에 매료되어 말했지. 그만큼 감미로웠단다.

2천여 명의 관객들은 숨을 죽이며, 때로는 환호하며 환상의 늦저녁을 보냈어. 콘서트가 끝나고 나서도 여운이 가시지 않아 쉽게 자리를 뜰 수가 없었단다.

그녀는 이런 말을 했어.

"옆을 보지 않고 오로지 한 길만을 달려 왔어요."

잘하는 것을 더 잘 하려고 노력했을 뿐, 다른 사람들은 어떻게 하는지 신경 쓰지 않았다는 거야. 좋아서 땀 흘려 노력했고, 그러다 보니 자신의 노래를 좋아하는 사람들이 생겨났고, 또 자신의 노래를 좋아하는 사람들이 있어 행복하다고 했어.

우리는 지나치게 다른 사람을 의식하며 살아.

"다른 사람들이 알면 뭐라고 할까?"

"다른 사람들은 그렇지 않은데……"

남에게 보여 주기 위한 삶이 아닌데도 말이지. 자신의 능력과 욕구를 무시하고 그럴싸한 목표를 가지고 싶어 해. 그러한 목표는 오래가지 못 해. 가슴 뛰는 삶을 살 수 없을 테니까.

"나는 이런 일을 하고 싶어."

이렇게 많은 10대들이 자신의 꿈을 얘기해.

그리고 그 꿈을 왜 이루고 싶어 하는지 물어 보면,

"폼 나게 살고 싶어서", "누구 보란 듯이", "명예가 좋으니까", "돈을 많이 벌고 싶어서"라는 대답을 해. 그 대답이 옳지 않다는 것은 아니지만, "그 일을 좋아해서"라고 말할 수 있으면 좋겠어.

유명한 리더십의 대가인 존 맥스웰은 이렇게 말했어.

"자기의 강점, 잘하는 것에 70%를 투자하라. 그리고 새로운 일에 25%를 투자하라. 그리고 자기의 약점을 보완하는 데에는 단 5%만 투자하라. 내가 잘못 하는 것은 잘하는 사람에게 맡기고, 내가 잘할 수 있는 것에 최대한의 시간과 모든 정력을 투자하라."

　네가 잘하고 좋아하는 것이 무엇인지를 찾는 것은 그리 어려운 일이 아니야. 재능을 끄집어내는 것은 자신에게 가치를 부여하는 중요한 일이란다.

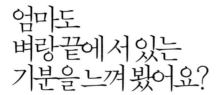

엄마도
벼랑 끝에 서 있는
기분을 느껴 봤어요?

"엄마, 벼랑 끝에 서 있는 기분이에요. 한 발만 내딛으면 추락해 버릴 것 같아요. 나는 여기까지 떠밀려왔어요. 누가 나를 쫓았는지, 어떤 힘에 의해 온 건지 그것은 중요하지 않아요. 단지 난 생각하고 있어요. 처음 출발했던 그 곳으로 돌아갈 것인지, 새로운 길을 찾을 것인지…….

그러나 성공에 대한 환희보다 실패에 대한 두려움이 더욱 앞서 모든 것이 무기력해지기만 해요. 그렇더라도 마음을 다잡고 다시 시도해야겠죠?"

54

"그래, 결심이란 나사와 같단다. 아무리 꽉 조여진 나사도 시간이 흐르면 헐거워지는 법이야. 포기하지 않기 위해선 중간 중간 점검이 필요하지. 한여름 구슬땀을 흘려가며 지은 농사를 태풍이나 홍수로 인해 망쳤다고 해서 다음 농사를 포기하는 농부는 없단다. 농부는 전과 똑같은 마음으로 또다시 씨를 뿌리지. 언제 몰아칠지 모르는 태풍이 무섭다고 결코 포기하지 않아."

• •

얼마 전, 급하게 대천에 갈 일이 있었단다. 대천은 서해안 최대의 해수욕장이라 불리는 대천해수욕장이 있는 곳이야. 약속 시간이 촉박해 대중교통을 이용할 수는 없고, 그렇다고 운전을 못 하니 차를 몰고 갈수도 없어 생각한 것이 택시를 타는 것이었단다. 요금이 엄청났지만 그 상황에서는 달리 방법이 없었어.

먼 거리를 달려야 하니 아무래도 새 차가 나을 듯싶어 나는 외관이 그럴싸해 보이는 택시를 세웠어. 요금을 흥정하고 정확히 6시에 출발을 했단다. 대천까지는 한 시간이 채 안 되는 거리여서 7시를 전후해 도착하면 약속 시간에 무리는 없을 것으로 판단했어.

한참을 달렸을 때, 눈에 들어온 이정표를 보고 의아한 생각이 들었어. 대천으로 가고 있는 것 같지 않았거든. 하지만 대천으로 가는 길이 어디 하나뿐이랴, 운전기사가 오죽 잘 알아서 가고 있을까 하고 나는 마음을 놓고 한낮의 열기가 차분하게 식어가고 있는 바깥 풍경만을 감상하고 있었어. 하지만 출발한 지 40분이 넘어 목적지가 가까워져야 할 시간이 다 되어 가는데도 대천 방향이라는 표지판을 하나도 발견할 수 없어 기사에게 물었어.

"기사님, 지금 대천 가는 것 맞지요?"

"네, 맞습니다."

"이 시간이면 거의 도착해야 되는데, 전혀 그런 기미가 보이지 않네요."

"그래요? 전에는 이 길로 다니고도 했는데……."

"전이라면 그 때가 언제인데요?"

"한 10년 쯤 되었나?"

맙소사, 10년 전이라면? 나는 어이가 없었어.

"지금이라도 내비게이션을 켜세요."

"아, 내비게이션이요? 어제 고장이 나버렸어요."

나는 할 말을 잃었어.

기사는 동료와 통화를 해서 길을 확인했고, 전혀 다른 곳을 향해 가고 있다는 것을 알았어. 물론 길은 어디로든 통해 있으니 찾기는 하겠지만 알지도 못 하는 길을 내비게이션도 없이, 10년 전의 기억을 더듬어 달리고 있는 기사의 무책임함에 화가 났어. 그러나 어쩌랴. 묻고 물어 좁은 산길을 지나고, 몇 채 안 되는 집이 있는 마을들을 수도 없이 지나 대천에 도착한 시간은 10시 50분. 무려 다섯 시간 가까운 시간이 걸렸단다. 칠흑같이 어둡고 꼬불꼬불한 산길에서 대천 방향을 가리키는 이정표를 발견했을 때의 안도감, 오히려 고맙기까지 하더구나. 한 시간이면 족했을 거리를 다섯 시간이나 걸리다니. 결국 약속은 지키지 못 했지만 산을 두 개나 넘는 멋진 드라이브를 한 셈이 되었어.

그러나 그 약속이 중요한 약속이었다면 어땠을까? 큰 교훈이었지. 적어도 먼 길을 떠날 때는 먼저 목적지를 확인하고 어디를 경유하는지를 확인해야 한다는 것.

인생에 있어서도 마찬가지란 생각이 들어. 꿈을 정했다면 반복된 확인이 필요해. 늘 반복하여 생각하고 계획하는 습관을 길러 흔들림 없이 실천해 나가야 한단다.

이렇게 대답하는 친구도 있을 거야.

"실패가 무서워서 나는 아예 시도조차 하지 않아요."

물론 시도하지 않는 사람에게 실패란 있을 수 없겠지. 그러나 실패가 두려워 목표를 세우지 못 한다면 탈이 날까봐 두려워 음식을 먹지 않는 것과 무엇이 다를까?

마음만 먹으면 멋지고 행복한 인생을 살 수 있어. 오늘과 내일이 똑같아 보일 수 있지만 포기하지 않고 끝까지 나아간다면 10년 후에는 분명한 차이가 생긴단다.

난빨리
성공하고 싶어요

"엄마, 빨리 목표를 이루는 방법을 알고 싶어요. 목표에 빨리 도달한 역할 모델이 있다면 목표를 이루는 데 도움이 될 것 같아요. 모델이 간 길을 따라가면 계획도 당길 수 있고, 성큼성큼 정상에 오를 수 있지 않을까요?

빠른 길, 좋은 길이 있다면 그 길로 갈 거예요. 많은 실수들을 줄일 수도 있고, 빨리 원하는 목표에 도달할 수 있잖아요? 꼭 천천히 성장해야 좋은 나무는 아니라고 생각해요."

"물론 걷는 것보다는 달리는 편이 낫겠지. 그러나 시간과 노력을 투자하지 않는다면 그것은 한낱 욕망을 갈구하는 투정에 불과하단다.

꿈을 현실로 이루기 위해서는, 절망과 고통을 수없이 견뎌내야 해. 아름다운 진주를 만드는 진주조개일수록 토해내는 찌꺼기도 많은 법이란다. 조급해하거나 서두르지 마."

• •

500억 달러 이상의 재산을 모았던 앤드류 카네기는 젊은 시절, 지긋지긋한 가난에서 벗어나기 위해 성공을 꿈꾸었단다. 일본의 마쓰시다 회사를 설립한 마쓰시다 고노스케도 가난, 허약한 몸, 배우지 못 한 것이 성공의 비결이었다고 했어. 가난은 부지런함으로, 허약한 몸은 건강의 중요성으로, 못 배운 것은 세상 모든 이를 스승으로 받아들이는 성공코드로 바꿨다고 해.

사람들은 어떤 계기로 인해, 누구처럼 되겠다고 결심하기도 해. 반기문 유엔 사무총장은 초등학교 시절, 외교부장관이 학교를 방문해 강의를 했던 일 이후 외교관이라는 꿈을 가지게 되었다고 하는구나. 운동솜씨는 형편없었지만 공부에는 욕심쟁이였던 반기문 사무총장은 외교관에게 필수인 영어공부에 온 힘을 기울였어.

노벨 수상자인 로저 콘버그 교수는 고등학교 때, 과학 원리를 쉬운 실험으로 보여 준 훌륭한 선생님 덕분에 과학자가 되었다고 했어. 그리고 좋아하는 일을 직업으로 가졌으니 자신은 행운아라고 말했어.

성공한 사람들의 성공비결에는 벗어나고 싶었던 가난, 신체적 장애 등 환경적인 요인도 많았지만 반기문 유엔 사무총장이나 로저 콘버그 노벨상 수상자처럼 훌륭한 스승역할을 해 준 멘토를 가지고 있는 경우가 많았단다.

인간은 상처받기 쉬운 존재야. 그냥 두면 상처는 곪아버리겠지만 드러내고 치료 받는다면 치유될 수 있지. 멘토는 그 일을 해 줄 수 있는 스승이요, 친구이며 상담자가 되어 준단다. 멘토를 두는 것은 우리 삶이 유연해질 수 있도록 그 과정을 단축시키고 앞으로 나아가는 데 도움이 되는 중요한 방법 중의 하나야.

미국의 사회학자 마튼과 키트는 '미국 병사의 연구'를 통해 하사관의 말이나 행동을 흉내 낸 병사일수록 더 많이 하사관이 되고, 장교를 흉내 낸 병사들은 더 많이 장교가 된다는 것을 밝혀냈어. 결국 자신이 원하는 이미지에 맞는 말투와 행동을 할수록 그렇게 될 확률이 높다는 것을 말해 주고 있어.

역사속의 인물, 유명하거나 성공한 사람, 친구, 존경하는 선생님, 좋아하는 선배, 부모님, 친지 중 닮고 싶은 사람이 있다면 그 사람의 좋은 습관, 노력하는 자세, 끈기, 열정 등 좋은 점을 골라 자신에게 맞게 조화시키는 것이 중요해. 건전한 가치관과 건강한 인간관계를 가진 사람이라면 누구나 멘토가 될 수 있단다.

'네가 목표를 가질 수 있도록 도움을 줄 수 있는 사람은 누구일까?'

'성공한 사람들은 어떤 과정을 거쳐 성공했을까?'

'그들은 어려움을 어떻게 이겨냈을까?'

'그 사람이라면 지금의 내 행동을 어떻게 생각할까?'

'꿈을 관리하고 유지하는 비결이 무엇이었을까?'

우리는 다른 사람의 실패에서 삶의 비결을 배울 수 있단다. 또 다른 사람의 삶의 방식에서 좋은 점을 찾아 발전할 수도 있단다.

천재과학자 뉴턴이 너를 향해 말하고 있어.

"거인의 어깨에 올라서서 더 넓은 시야를 가지고 멀리 볼 수 있도록 하렴."

두번째 편지 묶음

공부의 무게를
버거워하는 너에게

폭풍우가 불던 날,

확확 열렸다가 덜컹 닫혀버리던 창문을 기억하니?

기회란 그 창문과 같단다.

재빨리 달려들어 잡을 수 있게 준비가 되어있어야 해.

그 기회는 꾸준하게 준비해 온 사람만이

잡을 수 있는 거란다.

나는
내가 원하는 사람으로
잘 자랄 수 있을까요?

"엄마, 내가 원하는 사람이 정말 될 수 있을까요? 언제까지 보살핌만
받아야 하고, 언제까지 가족의 동정 속에서 지내야 해요?
확실하게 자신의 고집을 세우는 친구를 보면서, 나는 내 인생의 중심
에 서 있는 사람이 과연 나인지 의심스러워요. 이렇게 나약한 내가
인생을 개척해 나갈 수 있을까요? 내가 얼마나 근사한 사람인지 보여
주어야 하는데, 당장 무엇부터 시작해야 할지 감도 안 잡혀요."

"사람은 하루아침에 성장하지는 않는단다. 성숙해지기 위해서는 여러 단계
를 거치며 성장해. 따라서 그 단계마다 해결능력도 더불어 길러지는 거야.

두려워 마. 넌 할 수 있고, 원하는 무엇이든 될 수 있다는 자신감을 가져. 자신감은 누구도 너에게 줄 수 없는 것이란다."

. . . .

성공한 사람들의 공통된 특징은 '할 수 있다'는 확실한 자신감이었어. 텔레캐스트 사를 설립해 세계 500대 기업으로 우뚝 선 스티븐 스콧 역시 '할 수 있다'는 신념 하나로 꿈을 이뤄낸 인물이야.

대학을 졸업한 후, 스티븐 스콧은 6년 동안에 무려 아홉 군데나 되는 직장을 옮겨 다녀야 했단다. 실직과 해고로 인해 이 직장 저 직장을 전전해야 했던 스티븐 스콧을 두고 동료들은 "도저히 성공할 수 없는 사람"이라고 혹평까지 서슴지 않았다고 해.

그러나 스티븐 스콧은 텔레캐스트 사를 단돈 5천 달러로 시작해 매출액 20억 달러를 기록하는 마케팅 그룹으로 성장시켰어. 어떻게 그런 일이 가능할까? 그 힘은 바로 '할 수 있다'는 자신감이었어. 아무도 알아주지 않았지만 결국 불가능한 꿈을 이뤄내는 열쇠인 자신감 하나로 엄청난 성공을 쟁취한 것이지.

천재 발명왕 에디슨 역시 이런 말을 했어.

"자신감은 성공으로 이끄는 제1의 비결이다."

뭔가 새로운 일을 시도하려 할 때, 충분한 자신감이 생길 때까지 기다리기만 한다면 그 사람은 영영 기다리는 일만 계속해야 할 거야. 왜냐하면 자신감이란 실패하더라도 계속 앞으로 나아가리라는 믿음에서 나오기 때문이야.

어떤 기자가 우승한 육상선수에게 물었어.

"출발선에 서 있는 그 짧은 순간, 무슨 생각을 했나요?"

"출발 신호에 맞추어 최대한 빨리 첫발을 내딛겠다는 생각밖에 없었어요. 전 1등하리라는 자신감이 있었습니다."

진정한 자신감은 아무런 두려움이 없는 상태에서 솟아나지는 않아. 두려움을 이겨내고 행동할 것이라는 마음가짐에서 자신감은 우러나는 거야.

운동선수가 메달을 획득하고 눈물을 흘리는 모습을 많이 보았을 거야. 그 눈물의 의미는 메달을 땄다는 기쁨도 있겠지만 고된 훈련을 이겨내고, 장벽을 뚫고, 목표에 도달하기 위해 최선을 다했던 과정을 생각하기 때문이야.

가끔은 이런 생각도 하겠지.

"다른 사람은 잘도 하는데, 나는 이게 뭐야?"

"남 보기가 너무 창피해. 나는 이만큼밖에 안 돼."

네가 남을 의식하는 사이 자신의 의지 따위는 온 데 간 데 없어지고 결국 목표를 잃고 갈팡질팡하는 낯선 모습만을 보게 될 거야. 다른 사람의 마음에 들려고 자기가 원하지 않는 일을 할 필요는 없단다. 자신감과 자만심을 구분할 수 있어야 한다는 이야기야. 자신감은 철저히 자신을 위한 것이지만, 자만심은 남이 나를 어떻게 볼지를 먼저 생각하는 거야. 결국은 남에게 잘 보이려는 자만심 때문에 실패가 두려운 거지. 자신감이 있는 사람이라면 자기 자신을 믿기 때문에 실패 따위는 두려워하지 않아. 1등이 아니면, 그리고 최고가 아니면 실패자라는 생각도 하지 않아.

이제 너는 출발선상에 선 선수와 같아. 지금은 '나는 할 수 있다'는 자신감 하나면 충분하단다. 자신감은 숨겨진 열정을 끌어내고, 열정은 자연스럽게, 의도하는 쪽으로 너를 안내해 줄 거야. 넌 무엇이든지 할 수 있고, 무엇이든 될 수 있어.

시험을 망친
내 자신에게
실망했어요

"엄마, 이번엔 마음먹고 공부했는데 결과는 중간고사보다 못해요. 난
엄마가 믿어 주는 것에 보답하지도 못 했고, 무엇인가 해 낼 놈이라
는 선생님의 기대도 저버렸어요.

허탈하고 내 자신이 실망스러워요. 그 어떤 변명으로도 빠져 나갈 수
없어요. 최선을 다했는데도 결과가 그렇다면, 이건 분명 내게 위기가
닥친 거예요."

"시험의 결과를 심각하게 받아들이는 너에게, 최선을 다했으니 만족하라는
말이 아무런 도움이 되지 않는다는 것을 알아.

그러나 위기가 닥쳤다고 해서 원망하거나 자책하지 마, 조급해 하지도 말고. 게으른 사람은 위기조차 감지하지 못 한단다. 위기라고 생각한다면 극복할 기회이기도 한 거야.

폭풍우가 불던 날, 확확 열렸다가 덜컹 닫혀버리던 창문을 기억하니? 기회란 그 창문과 같단다. 재빨리 달려들어 잡을 수 있게 준비가 되어있어야 해. 그 기회는 꾸준하게 준비해 온 사람만이 잡을 수 있는 거란다."

· ·

전교에서 1등만 하던 경수가 25등으로 밀려난 것은 모두에게 충격적인 일이었어. 선생님은 경수의 답안지를 살펴보고 또 살펴보았어.

"뭔가 잘못 되었어. 그럴 리가 없지."

그러나 잘못 된 것은 아무것도 없었어. 선생님은 경수를 부르셨어.

"아무래도 네가 답을 밀려 쓴 것 같다. 그렇지 않고서야 점수가 이렇게 나올 수는 없지."

"전 밀려 쓴 게 아니에요. 화요일 시험은 읽어보지도 않고 마킹만 했어요."

"왜 그랬지? 이번 시험이 얼마나 중요한지 알잖아?"

"네, 잘 알아요. 하지만 왜 공부를 잘해야 하는지 모르겠어요."

선생님은 경수의 말투와 태도에서 뭔가 심각한 문제가 있다는 것을 알아차렸고 고집스레 입을 열지 않는 경수를 설득해 원인을 파악했어.

경수는 언제나 근소한 차이로 1등을 했기 때문에 위태로움을 느끼고 있었어. 게다가 언제부터인가 수학이 어려워지기 시작한 거야. 그런데 이것보다 경수를 더 비참하게 하는 일이 있었어. 그것은 가족들 중 아무도 경수가 1등 한 것을 대단하게 여기지 않는다는 것이었어. 더구나 수학이 힘들어진다고 얘기했을 때도 형과 누나는 비웃어버렸어. 경수의 형과 누나도 대단한 수재였거든. 경수네 집에서 1등이란 대단한 것도 특별한 것도 아니었던 거야.

경수는 수학 때문에 등수가 밀려날지도 모른다는 위기감, 그때 받게 될 가족들의 비난 등 최악의 사태를 걱정하며 고민했던 거야. 선생님은 경수에게 위기는 기회의 다른 얼굴이라는 점을 거듭 강조하셨어.

결국 경수는 위기를 극복할 수 있었어. 마음을 터놓은 대화로 가족의 관심과 격려도 되돌릴 수 있었지. 한 가지 더, 수학의 기초를 다지기 위해 1학년 교과서부터 점검해 보는 기회를 가졌단다.

'펀(Fun)경영'으로 일약 스타가 된 진수 테리의 예를 들어볼까.

진수 테리도 처음부터 성공한 사람은 아니었어. 그녀는 한국에서 의류업을 하다가 미국으로 건너갔는데 7년 동안 열심히 일한 회사에서 해고를 당했어. 갑작스런 해고에 어이가 없고, 해고당한 이유가 인종차별이 아닐까 생각해 화가 난 진수 테리는 참다못해 직장 상사에게 전화를 걸어 해고 이유를 따져 물었어. 상사의 대답은 이랬어.

"당신이 해고당한 건 인종차별 때문이 아니에요. 학벌도 좋고 엔지니어로서 일도 잘하지만, 너무 잘하려고 늘 긴장해 있어 얼굴에서 미소를 볼 수가 없습니다. 그래서 아래 사람들이 당신을 따르지 않아요. 그것이 문제였습니다."

상사의 말에 충격을 받은 그녀는 새로운 도전에 나섰어. 얼굴 표정을 바꾸기 위해 거울을 보고 날마다 웃는 연습을 하며 미소 띤 얼굴, 친근한 표정을 만들기 위해 온갖 노력을 다했어. 그렇게 시작한 지 몇 달이 지나자 무표정하던 얼굴이 다양한 표정을 뿜어내기 시작하면서 국제 비즈니스 무대에서 승리할 수 있다는 자신감이 솟구치더라는 거야.

그녀는 남다른 노력으로 위기를 오히려 기회로 바꾸었단다.

요트 시합의 규칙을 알고 있지? 바람의 힘을 이용하여 가장 빨리 골인 지점에 도착하면 우승을 하는 시합. 그런데 요트 시합에서 상대방을 앞지를 수 있는 기회는 순풍이 아니라 강풍이나 역풍이 불어올 때라고 하는구나. 순풍이 불어올 때 빨리 노를 저으면 상대를 앞지를 것 같지만 사실 그때는 돛에 부딪히는 바람을 이용해 평탄하게 나아가기 때문에 차이가 별로 나지 않는단다. 그러나 강풍이나 역풍이 부는 순간에 기술을 발휘해 요트를 잘 조종한다면 상대를 앞지를 수 있는 기회가 온다는 거야.

'좋아지고 나빠지게 되는 갈림길'

브리태니커 백과사전에서는 위기를 이렇게 표현했더구나. 위기는 위험과 기회의 합성어야. 위기의 진정한 본질은 감춰진 기회란다.

위기에 당면하면 사람들은 두 가지 반응을 보인다고 해. 90%는 그저 위기로 보고, 나머지 10%는 또 하나의 기회로 본다는 거야.

"난 10%에 들겠어. 위기는 또 하나의 기회라고 했어."

이런 긍정적인 생각만으로도 이미 성공의 문턱에 올라서는 거란다.

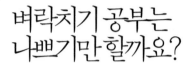

벼락치기 공부는
나쁘기만 할까요?

"엄마, 오늘 마음이 바빠요. 공부할 시간이 모자라서 한꺼번에 집중

해서 와락 머릿속에 넣어야 하거든요. 시간은 없고, 해야 할 공부는

많고 잠이 오지 않게 하는 약이라도 먹어야 할 것 같아요.

엄마, 벼락치기 공부가 꼭 나쁜 것만은 아니죠?"

"물론 벼락치기 공부도 장점이 있지. 마감효과 때문에 집중력이 향상되고

짧은 시간에 좋은 성과를 낼 수도 있어. 하지만 장기적으로 볼 때, 꾸준히

공부하는 사람을 따라갈 수는 없단다. 일정기간동안 꾸준히 공부하면 누적

효과가 나타나거든.

만약 어떤 아이가 갑자기 상위권으로 진입하더니 계속 그 상태를 유지한다면 그것은 누적효과 때문인 경우가 많아. 꾸준히 공부하면 어느 일정 시기를 지나면서 급격하게 공부성과가 드러나는 법이거든.

당장 눈앞의 효과에 연연해하지 말고 장기적인 안목으로 평소 공부하는 습관을 들여야 해. 끈기를 가지고 꾸준하게 노력하는 것만이 네가 목표에 도달할 수 있는 힘이 된단다."

• •

1972년, 정주영 회장은 소나무와 초가가 보이는 울산조선소가 세워질 조선소 터의 사진 한 장만을 들고, 보수적이기로 유명한 영국 버클레이 은행을 방문했다고 해. 조선소 건설을 위한 차관을 빌리기 위해서였지.

"여기다 조선소를 지어서, 배를 팔아 갚을 테니 돈을 빌려 주시오."

은행장은 미심쩍은 듯 물었어.

"배를 만들어 보기나 했습니까?"

정주영 회장은 거북선 그림이 그려져 있는 당시 500원짜리 지폐를 한 장 꺼내 보이며 당당하게 말했어.

"우리나라는 1500년대에 이미 거북선을 만든 나라요."

기가 질린 은행장은 까다로운 조건을 하나 걸었다고 해.

"앞으로 당신이 만든 선박을 사겠다는 사람이 나타난다면 차관을 주겠습니다."

아직 조선소도 없는 정주영 회장은 막막했지만 세계적인 선박왕 리바노스를 찾아가 결국 맨주먹 마케팅의 위력을 발휘하여 차관을 도입하는 데 성공했어.

그 분은 이미 돌아가셨지만, 사람들은 흔히 추진력에 대해 이야기할 때면 별명이 불도저였던 정주영 회장의 일화를 많이 인용하지. 앞뒤를 재기보다 일단 뛰어들고 나서 문제를 해결해 나가는 무서운 추진력으로, 매사에 속전속결의 모습을 보이셨거든. 성공에 대한 확신이 있으면 고민하지 않고 결정을 내렸다는 거지.

정주영 회장은 "해 보기나 했어?"라는 한마디로 자신의 인재관을 표출했는데 "안 된다고 물러서지 않고, 우선 추진할 수 있는 진취적인 사람이 필요하다"고 늘 강조했다는구나. 시간이 곧 돈인 건설업에서 확신에 찬 결단력이 성공을 부른 것이지.

많은 기회들이 주저하는 사이에 흘러가 버린단다. 결단을 내려야할 시기에 실패를 두려워한다면 더더욱 그러하지. 부정적인 사고는 자신이 100% 그 일에 전념하지 않고 있다는 증거야. 자신의 결정을 믿지 못 하기 때문에 최선 따위는 엄두도 내지 못 하는 거야.

지금 네가 훌륭한 목표를 세웠다고 하자. 이제 실행에 옮길 일만 남았는데 과연 무엇이 필요할까. 너의 꿈이 계속되도록 이어줄 그 무엇이 뭔지 알겠니? 그건 바로 끈기란다.

대부분의 계획에는 시행착오가 존재하기 마련이야. 끈기는 이런 시행착오를 견디는 힘이 되어줄 거야. 그리고 앞으로 일어날 일을 걱정할 필요는 없단다. 아직 일어나지도 않은 일을 상상해서 걱정하고 고민하는 것은 자신감만 무너뜨리는 결과가 되고 마는 거지. 끈기만 있다면 실패를 두려워할 이유가 없어. 단거리 경주를 치러내듯 하나하나 끈기로서 이루어나가면 돼.

결단력이 망치의 머리라면 끈기는 자루와 같아. 자루 없는 망치가 힘을 발휘하지 못 하는 것과 마찬가지로 끈기 없는 결심이나 결단력은 아무런 의미가 없단다.

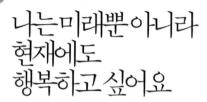

나는미래뿐아니라
현재에도
행복하고싶어요

"엄마, 현재를 즐기지 못 한다면 꿈이 무슨 소용이 있어요? 사람이 미래만을 위해 사는 것은 아니잖아요.

친구들은 벌써 방학 때 무엇을 하고, 어디를 갈지 정하고 있어요. 놀수 있을 때 놀고, 즐길 수 있는 한 실컷 즐기자는 거지요. 공부를 해야 한다고 생각은 하지만 나도 친구들처럼 재미있고 쿨하게 살고 싶다고요."

"너는 지금 목표에 대한 확신이 뚜렷하지 못 하기 때문에 마음이 흔들리고 있는 거야. 확실한 신념이 부족하기 때문에 자신의 행동을 합리화시키려고 애쓰는 것이지. 일종의 변명이라고 할 수도 있어.

꿈을 이루기 위해서는 그만한 대가가 필요하다는 것을 명심해야 해. 꿈이 크다면 지불해야 할 대가와 노력도 그만큼 커야 되지 않을까? 이 사실에 예외는 없단다."

• •

서른 가구가 넘을까 말까한 작은 시골 동네에 경사가 났어. 우물가 신씨 아저씨네 둘째 아들 기훈이 대법원 판사가 되었기 때문이야. 지방자치단체의 장이 다녀가고 TV에서나 볼 수 있었던 지방 유지들의 방문으로 조용한 시골 동네의 작은 골목이 몸살을 앓았지. 동네 사람들도 기훈을 칭찬했어.

"어려서부터 판사가 된다고 하더니 정말 기훈이가 그 꿈을 이뤘네."

"옆집 이씨 아저씨네 큰아들 윤수도 아마 기훈이와 꿈이 같았었지. 어려서는 윤수가 기훈이보다 공부를 더 잘했는데……."

어른들은 판사가 된 기훈과 친구였던 윤수 이야기를 꺼냈어. 어릴 적 두 사람의 꿈은 같았어. 둘 다 공부를 잘해서 어른들의 기대가 컸었지. 그러나 커가면서 둘의 생각은 달라졌어.

윤수는 자신의 꿈이 너무 커 현실적으로 이루기가 어렵다고 생각해 그 크기를 자꾸 줄여갔어. 어른이 되자 현실의 삶에 급급해 꿈을 가지는 것조차 사치라고 생각하게 되었지. 아니면 작은 꿈을 갖는 것이 현실도 즐기고 안전하다며 스스로를 위로했어.

한편, 기훈은 자신의 꿈이 꼭 이루어진다는 확신을 가지고 꿈을 이루었을 때의 모습을 상상하며 꿈을 위한 노력을 게을리 하지 않았어. 막연히 성공하겠다는 목표가 아니라 꿈을 이루었을 때 어떻게 하겠다는 구체적인 계획까지 세웠어. 그는 사람들이 꿈을 이루지 못 하는 것은 꿈을 너무 크게 가져서가 아니라 자기가 가진 꿈에 대한 확신이 없기 때문이라고 생각했어. 그는 꿈을 이루기 위해 단기적으로 계획을 수정해 가면서 현실에 대한 불편과 희생을 감수했던 거야.

"친구들은 공부가 인생의 전부가 아니라며 나를 '공부벌레'라고 놀렸어요. 하지만 내 꿈을 위해서는 공부밖에 할 수 있는 것이 없었어요. 순간순간 포기해야 할 것들이 많았지만 노력이나 인내심 없이 이룰 수 있는 것은 아무것도 없다고 생각했어요."

공부하느라 놓친 것들이 아쉽기는 하지만 그 많은 것을 다 가지려 했다면 지금의 자신은 없었을 것이라고 말했어.

반면 윤수는 하고 싶은 많은 것들을 즐기며 산 대신 꿈과는 멀어졌어. 다시 기회가 온다면 꿈을 위해 열심히 살아보고 싶다고 했지만 시간을 되돌릴 수는 없어.

두 사람의 결과에서 보듯이 목표를 이루려면 그만한 대가가 따른다는 것을 알 수 있어. 공부벌레라며 따돌림을 당한 기훈과, 즐길 수 있는 한 모든 시간을 투자하며 산 윤수의 생활태도는 너무도 다른 결과에서 여실히 드러나고 있어.

　무엇인가 손에 넣기 위해서는 반드시 노력을 해야만 하고, 천재라 할지라도 노력하지 않고서는 결코 남보다 뛰어날 수는 없어.

　뛰어난 두뇌와 판단력, 생기발랄한 상상력, 사물을 꿰뚫어보는 통찰력이 있다 하더라도 꾸준한 노력과 인내심이 없다면 잠시 잠깐 위태로운 빛만 발할 뿐이란다.

　꿈이 크든 작든, 중요한 것은 꿈을 품은 사람과 꿈을 품지 않은 사람의 인생이 너무도 다르다는 거야. 그리고 그 꿈을 이루기 위해 어떤 노력을 했느냐에 따라 결과의 좋고 나쁨도 확연하게 드러난단다.

　주위의 작은 유혹들을 포기할 의지가 높을수록 그만큼 너의 꿈은 확신에 차 있는 것이라 해도 틀린 말이 아니야. 선택했으면 밀고 나가는 추진력을 발휘해 보렴.

게임한다고
공부를 안 하는 건
아니에요

"오늘 컴퓨터 게임만 한다고 엄마에게 혼이 난 친구가 속상하다고 내게 불만을 쏟아냈어요. 엄마도 내가 오랜 시간 게임하는 것이 걱정스러워요?

컴퓨터 게임을 하는 것 자체가 우리에겐 휴식이에요. 그런데 주변 분위기 때문에 마치 해서는 안 되는, 나쁜 일을 하고 있다는 생각이 들 때가 있어요. 우리들은 자제할 수 있어요. 에너지를 어디에 써야 하는지를 알고 있거든요. 내 일은 내가 스스로 알아서 할 수 있도록 그냥 지켜봐 주실 수 없나요?"

"너는 그렇게 생각하고 있구나. 게임이 휴식이라는 너의 말을 이해하려 하지만, 사실 걱정스러울 때가 있어. 게임에서 이기기 위해 몸부림치는 것을 보면, 스트레스를 푼다는 느낌보다는 스트레스를 더 받고 있는 것처럼 보이거든.

그래도 너를 믿어. 가끔은 나의 방식으로만 너를 이해하려 한다는 것을 깨닫고 반성하기도 해. 난 언제나 너의 입장에서 생각하려 애쓰고, 지금의 네 나이 때 엄마는 어땠는지를 생각하려 노력한단다."

• •

어젯밤 뉴스에서는 컴퓨터 게임에 빠져 직장도 잃고 가족까지 버린 사람들에 대한 이야기를 방영했어.

"하루 종일 PC방에서 지내요. 잘 다니던 직장을 그만 둔 지도 오래되었고, 건강했던 몸도 망가져 이제 앙상한 뼈만 남았어요. 그만 두어야겠지만 마음대로 되지 않아요."

컴퓨터 게임, 컴퓨터 도박에 빠져 모든 것을 잃은 어른들에 관한 이야기를 접할 때마다 가족들이 겪을 고통을 생각하면 마음이 아프단다. 한 명으로 인해 그 가족은 행복을 기대할 수 없을 테니까. 아이도 아닌 어른이 어쩌면 그렇게 자제력이 부족할까, 아마 TV를 보는 사람들은 다 그렇게 생각했을 거야. 한편으로는 '어른도 저러는데 아이들은 오죽 할까'라는 생각도 들었어.

얼마 전, 컴퓨터 게임에 빠져 가상의 세계와 현실을 구분하지 못 해 동생을 죽인 사건이 사회의 문제가 된 적도 있었어.

"동생이 다시 살아날 줄 알았어요. 컴퓨터 게임처럼."

어떻게 그런 일이 일어날 수 있을까?

'몰입'이라는 말이 있어. 쉽게 말하면 독서 삼매경처럼 '다른 생각이 파고들지 못 하는 상태'를 말해. 또 자신의 실력을 온통 쏟아 부을 때 나타나는 현상이기도 하지. 그래서 좋아하는 일을 할 때 몰입할 수 있는 가능성이 높다고 할 수 있지.

기분전환을 위한 것이건 게임자체가 좋아서건 컴퓨터 게임을 하는 것도 일종의 몰입이야.

적당히, 자신이 정한 시간만큼 게임을 즐길 수 있다면 더 없이 즐거운 일이 될 거야. 그러나 지나쳐서 정작 해야 할 일을 못 하거나 폐쇄적이 되어버리는 등 나쁜 영향을 미친다면 진정한 의미의 몰입은 아니야. 몰입의 즐거움은 마음을 뿌듯하게 하는 행복감이 있어야 한다고 생각해.

세상은 볼 만한 것, 들을 만한 것, 해 볼 만한 것들로 가득 차 있단다. 네가 관심만 기울인다면 그것들은 흥미롭게 다가올 거야. 지금 네가 무언가 흥미로운 것을 발견했다면, 또 흥미를 가지기 시작했다면, 그것은 네가 관심을 기울였다는 증거이고, 앞으로의 삶을 풍부하게 만들 중요한 씨앗을 품은 것이란다. 일을 벗어나 즐길 수 있는 취미를 만드는 것, 건강한 삶을 사는 최고의 방법이야.

어떻게 하면 보다 나은 삶을 살 수 있을까?

이 문제는 네가 끊임없이 생각해 봐야 할 문제란다.

모든 구속에서 벗어나
자유롭고 싶어요

• •

"엄마, 난 정말 자유롭고 싶고 구속에서 벗어나고 싶어요.

기숙사라는 틀에서의 구속, 이런 저런 규제로 우리를 옭아매는 구속,

그 속과 깊이를 알 수 없는 공부에 대한 구속에서 말이에요. 하기 싫

은 공부를 하며 책상 앞에 앉아 있는 나를 보며 난 언제쯤에나 자유

로워질까, 언제쯤 내가 하고 싶은 일과 하기 싫은 일을 마음대로 골

라할 수 있을까를 생각해요."

"구속은 관계에서 일어날 수 있는 어쩔 수 없는 상황이야. 어느 정도의 구속

이나 짐은 즐겁게 받아들일 수 있어야 해.

네가 말하는 자유 또한 책임을 외면할 수는 없는 거야. 자유를 위해 우리는 많은 것을 갖추지 않으면 안 돼. 진정한 자유란 스스로의 욕망을 통제하는 과정에서 가질 수 있단다."

• •

재석과 재우 형제는 신이 났어. 오늘은 놀토인 데다가 어제 저녁 이모로부터 선물 받은 놀이공원 자유이용권까지 있어서, 하루를 꼬박 즐길 생각을 하니 날아갈 것만 같이 기뻤어. 그렇잖아도 재석이는 요즘 어디든 멀리 도망이라도 가고 싶다 생각했었단다.

"너희들 오늘 하루 맘껏 '자유'를 누리고 오렴."

어머니는 '자유'라는 말에 힘을 주어 말했지. 아마도 재석이가 요즘 걸핏하면 자유롭고 싶다며 투정을 부린 때문일 거야.

놀이공원은 목이 터져라 질러대는 함성으로 가득했어. 재석과 재우는 어서 빨리 어울리고 싶어 안달이 났어.

"형, 우리는 자유이용권이에요. 그냥 들어가도 되지요?"

입구에서 안내를 맡고 있던 직원이 재석 형제를 제지하며 말했어.

"기다려, 이걸 둘러야지. 꼭 팔에 둘러야 한다. 불편해도 떼면 안 된다."

형제는 신이 나 직원이 둘러 준 노란 플라스틱 띠를 팔에 두르고는 서둘러 놀이기구를 향해 달려갔어. 그러나 길게 늘어선 줄은 끝이 보이지 않았어. 다른 놀이기구를 향해 달려갔지만 마찬가지였어. 짜릿한 쾌감을 느껴보고 싶은 곳에는 어김없이 뱀의 꼬리 같은 줄들이 늘어서 있었던 거야.

　동생 재우가 짜증을 냈어.

　"무슨 자유이용권이 이래. 자유롭게 탈 수 있어야 자유이용권이지. 팔목도 아파죽겠어."

　팔목에 두른 띠를 잡아 빼려는 동생을 재석이 말렸어.

　"안 돼. 이걸 떼면 자유이용 표시가 없어지잖아. 그럼 우린 아무것도 탈 수 없어."

　"난 싫어. 줄 서서 기다리는 것도 싫고 팔목 아픈 것도 싫어."

　재석은 동생을 타일렀어.

　"사람이 많으면 당연히 기다려야 하고, 팔에 두르라고 했으니 그렇게 해야지. 이곳의 규칙이니 지킬 수밖에 없어. 바이킹 타고 싶다고 했지? 우리 거기서 기다리자. 괜히 왔다 갔다 하느라 시간만 낭비했어."

　그러면서 재석은 느꼈어. 자유롭게 이용하기 위해서도 질서를 지켜야 하며 띠를 두르는 불편함을 감수해야 한다는 것을 말이야.

어느 탈북자가 자유에 관해 이렇게 말했어.

"자본주의 사회에 처음 왔을 때는 모든 게 자유롭고 풍요로워 보였어요. 하지만 그 자유란 자기가 책임질 수 있는 범위 내에서의 자유이지 내 멋대로 하는 게 자유가 아니라는 것을 느꼈습니다. 그 의무를 다하지 못 했을 때엔 자유도 박탈될 수 있다는 것을 알게 되었습니다."

무조건 마음대로 하는 게 자유가 아니며, 자유에는 어느 정도의 구속이 따른다는 말이지.

구속받는 것이 결코 기분 좋은 일은 아니지만 보다 질이 높은 자유를 위해서는 구속을 즐길 줄 아는 자세가 필요해. 지금 당장 너에게 가해지는 구속 또한 마찬가지야. 진정한 자유는 스스로의 욕망을 통제하는 과정에서 이루어진단다.

떼어내 버리고 싶은
나쁜 습관이 있어요

• •

"엄마, 떼어내 버리고 싶은 나의 일부가 있어요. 나쁜 습관들 말이에
요. 모닝콜이 울리면 일어났다가 다시 누워버리는 것만 해도 그래요.
조금만 더, 조금만 더, 그러다 기숙사의 아침 식사 시간을 놓치고 서
둘러 교실로 뛰기 급급할 때가 종종 있어요. 그렇게 하루가 엉망으로
시작되고 있어요. 고치겠다고 고개를 끄덕이며 다짐을 하고도, 돌아
서면 다시 늘 해 오던 일상으로 돌아와 있어요. 왜 나는 작은 것들을
실천하지 못 하지요?"

"올바른 습관이 아니라 생각하고, 고쳐야겠다고 마음먹었다면 걱정할 필요

는 없단다. 처음에 네가 계획한 대로 되지 않는다 해서 자기혐오에 빠지지

는 마.

나쁜 습관 역시 하루아침에 형성된 것은 아니잖니? 얼마동안은 성가시고

힘이 들더라도 규칙적으로 반복하면 틀림없이 성공할 수 있어. 그러니 꾸물

대지 말고 바로 행동하렴."

· ·

학원이나 개인과외 한 번 없이 내신 1등급을 받은 최군은 공부 잘하

는 비결에 대해 이렇게 대답했어.

"틈새 시간에 취약과목을 공부한 습관 덕분이에요."

수학이 취약과목이었던 최군은 쉬는 시간과 점심시간을 이용하여 문

제를 풀었어. 신입생 때부터 쉬는 시간 10분 동안 기본 문제 4~5개를

푸는 연습을 꾸준히 해 왔다는 거야.

"짧은 시간에 문제를 빨리 푸는 훈련이 되어 있어서 모의고사 때 도

움이 됐어요."

야간자율학습도 시간대별로 보충학습 계획을 짜서 공부하고, 귀가

해서는 인터넷 강의로 그날 배운 수업내용을 복습했다고 해.

주말에는 다음 한 주 동안 실천할 학습 계획표를 방에 있는 화이트보

드에 기록하고 매일 점검하는 습관을 길렀다는 거야. 그리고 책장 틈새에는 자주 잊어버리는 교과내용과 목표를 포스트잇에 적어둬 매일 각오를 다졌다고 하는구나. 계획한 것은 어떤 일이 있어도 실천하는 습관을 가졌던 것이 좋은 결과를 내는 자산이 되었던 것이지.

마음속으로만 계획하는 것과 써 보는 것의 차이는 크단다. 계획을 써 두지 않으면 공부에 진전이 없어도 책상 앞에 앉아 있는 것만으로도 공부를 하고 있다는 느낌이 들기 때문이야. 하루 목표를 시간대별로 설정하는 것이 학습효과를 높인다고 하니 시간 단위별 계획을 세워보는 것도 좋을 것 같아.

모든 성공과 실패의 95%는 습관이 결정한다고 해. 습관이란 어느 날 갑자기 내 것이 될 수 없고, 매일 매일의 끊임없는 절제와 훈련에 의해서만 내 것이 될 수 있단다. 좋은 습관은 어렵게 형성이 되어 성공으로 이끌고, 나쁜 습관은 쉽게 형성되어 실패로 이끌지.

'공부 잘 하는 습관'

'부자가 되기 위한 습관'

'일이 잘 되는 습관'

좋은 습관, 올바른 습관을 길들이기 위한 많은 책들까지 소개되고 있는 것을 보면, 습관이란 꾸준히 노력하기만 하면 바꿀 수 있다는 것을 알 수 있어.

처음 한 번의 실천이 중요하단다. 한 번 경지에 오른 사람이 다시 그 경지에 오르기는 그다지 어려운 일이 아니란다.

신학자이자 노예해방론자인 존 토드는 습관에 대해 이런 말을 했어.

"굵은 밧줄은 가는 실을 여러 겹으로 꼬아 만든 것으로, 일단 완성되면 커다란 배라도 끌어당길 수가 있으며 마음대로 끌고 다닐 수도 있다."

대수롭지 않게 여겨지던 작은 버릇이 굳어져서 결국은 굵은 밧줄과 같은 힘으로 자신을 구속한다는 뜻이야. 습관은 쉽게 몸에 붙어버릴 수가 있어. 나쁜 습관일 경우는 더욱 그래.

나쁜 습관이 더욱 굳어져 굵은 밧줄이 되지 않도록 하루 빨리 고치는 노력이 필요해. 지금도 늦지 않았단다.

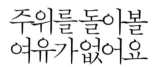

주위를 돌아볼 여유가 없어요

"엄마, 쫓기는 시간과 맹렬한 경쟁심은 나에게 빨리, 더 빨리 달리기만을 강요하고 있어요. 멈추어 있다고 생각하면 불안해지고, 아무것도 하지 않고 있으면 나만 뒤처진다는 생각에 마음이 조급해져요. 이 생각 때문에 주위를 돌아볼 여유가 생기지 않아요. 중요한 것이 무엇인지 생각해 봐야하는 거겠죠?"

"공부하고 있는 너에게 스트레스를 받지 말라 한다면 그것은 무리겠지. 모든 사고를 공부에만 집중시키는 것은 어쩔 수 없는 일이지만 공부는 너의 꿈을 이루기 위한 여러 가지 중 하나라고 생각하렴.

모처럼의 시간이 주어져도, 진정한 휴식을 취하지 못 하는 너를 보며 의식

적으로라도 느긋하게 살아가는 노력을 하라고 권하고 싶어."

● ●

그리스 신화에 이런 이야기가 있단다. 술의 신 디오니소스는 스승이

자 양부인 실레노스를 잘 대접해 준 미다스 왕에게 고마움의 대가로 소

원을 하나 들어 주겠다고 했어. 미다스 왕은 기뻐하며 소원을 말했어.

"금이 제일 갖고 싶습니다. 제 손에 닿는 모든 것이 금이 되었으면

합니다."

"좋다. 내일 아침부터 무엇이든 만져보아라."

이튿날 아침, 미다스 왕이 일어나 옷을 입으려 했더니 옷이 금으로

변해 버리고, 마당에 나와 화초를 만지니 화초가 금이 되어버렸어. 왕

은 기뻐 소리쳤어.

"나는 세계 제일의 갑부다!"

아침식사 때는 치즈와 빵, 고기도 모두 금이 되고, 마시려던 물도 컵

도 모두 금이 되었어. 밥도 물도 먹을 수 없었지만 늘어나는 금을 보니

미다스 왕은 기쁨을 감출 수 없었어.

그런데 아침인사를 하러 온 공주가 다정하게 왕의 손을 잡는 순간,

공주마저 금덩이가 되었어. 되돌릴 수도 없었지. 자신의 욕심으로 딸을 잃은 왕은 슬픔에 몸부림쳤고, 금이라는 말만 들어도 무서운 생각이 들었어. 그러면서 비로소 이 세상에서 가장 중요한 것은 금이 아니라 자신의 주변에 있는 오래됐지만 소중한 물건과 사람이라는 것을 깨달았지.

속도중독증이라는 말이 있어. 항상 시간에 쫓기면서 무엇인가를 달성하려 하고, 일에 열중하면 다른 것에 신경 쓰지 못 하는 사람들을 일컫는 말이야. 그러다 보니 주위에 대해 아량이 부족할 수밖에 없는 것이지.

그러나 현대인은 어쩔 수 없이 속도중독증 인간이 되도록 강요당하고 있어. 마음의 여유를 가져야 한다는 것을 알면서도 제어할 수 없기도 해. 앞만 보고 달리느라 옆을 돌아볼 여유조차 가지지 못 해 소중한 것들을 잃거나 놓치기도 하지.

소중한 것은 가장 가까운 곳에 있단다. 가족, 친구, 작은 휴식, 독서, 여행 등 너를 편안하게 해 줄 수 있는 것들이지. 주위를 돌아보는 여유를 가지며 항상 편안한 마음을 유지하는 것이 중요하단다.

하루 한 번이라도 눈을 들어 하늘을 쳐다보거나 햇볕을 쬐는 여유를 가졌으면 좋겠어. 좋아하는 노래를 흥얼거려도 보고, 좋아하는 시를 낭독해 보기도 하면서 말이야. 분명 멜라토닌이 감소하고 세로토닌이 증가해 너의 기분이 좋아지게 만들 거야.

네가 속도중독증에서 벗어날 수 있는 방법이 또 있단다. 그것은 우선순위를 정해 하루를 계획하는 거야. 막연하게 생각만 하지 말고, 하루 단위로 실천할 계획표를 작성하는 거지. 계획을 세울 때는 10~15분 정도 시간을 내서 집중적으로 생각한 후 우선 순위를 매기는 것이 좋아. 이것을 레이저 사고법이라 하는데, 레이저가 빛을 한 곳으로 집중시켜 강한 에너지를 만드는 것에 비유한 말이야.

지금 너에겐 어수선하게 펼쳐진 생각들을 일목요연하게 정리할 수 있는 능력이 필요해. 레이저가 빛을 쏘아내듯, 생각을 집중하여 하루의 계획을 분명하게 세운다면, 그리고 계획표대로 하루를 산다면 시간에 쫓기는 느낌은 말끔히 사라질 거야.

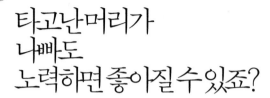

타고난 머리가
나빠도
노력하면 좋아질 수 있죠?

"엄마, 두뇌는 타고나는 것이 아니라 길러지는 것이라고 했죠? 하지만 천재는 타고 난다고들 하잖아요. 보통 사람은 노력해도 더 이상 오르지 못하는 한계가 있다고 하더라고요. 공부를 거의 하지 않는데도 항상 최상위권의 성적을 유지하는 친구들은 정말 타고난 머리일까요?

만약 타고나는 것이 아니라 계발될 수 있는 거라면 나도 그 한계를 극복하고 싶어요. 그런데 어떻게 해야 두뇌를 남보다 월등하게 만들 수 있죠? 어떻게 하면 남과 다른 기발한 생각을 할 수 있을까요?"

"저능아로 학교 교육을 포기해야만 했던 에디슨, 꼴찌에다 왕따였던 처칠, 평범하지도 못 했던 어린 시절의 아인슈타인, 공식적인 교육을 받지 못 했던 화가 레오나르도 다빈치, 스스로 지진아라고 밝혔던 아이작 뉴턴. 이 유명한 역사적 인물들의 두뇌를 놀랍도록 변화시킨 힘은 무엇일까? 그 힘은 고전 철학에서 얻은 사고 능력이었단다."

- -

1929년, 시카고 대학에 로버트 허친스라는 총장이 부임을 했어. 로버트 허친스 총장은 시카고 대학을 세계 명문대학으로 키우겠다는 계획으로 '시카고 플랜'을 도입했어. 시카고 플랜이란 철학고전을 비롯한 각종 고전 100권을 달달 외울 정도가 되지 않으면 졸업을 시키지 않는다는 교육 방침이었지.

시카고 대학은 석유재벌 록펠러가 세운 대학으로, 당시 동부 명문대학에 비해 역사도 짧고 지리적으로도 불리해 우수한 학생들을 동부의 명문대학에 빼앗기고 있는 상황이었어.

학생들은 어쩔 수 없이 책을 읽기 시작했지. 고전, 특히 철학고전이라는 말만 들어도 어렵고 딱딱하게 들리지 않니? 하지만 30권, 50권을 넘어서자 점차 변화가 일어나기 시작했어. 저자들의 사고능력이 학생들의 두뇌 속에 자리 잡기 시작했고, 100권을 다 읽었을 때는 사고능력이 송두리째 바뀌었다는 거야.

이 교양교육은 시간과 공간을 초월해서 영원불변하는 진리를 발견하고 위대한 인물을 고전 속에서 만나 위대한 인간이 되라는 취지에서 도입되었던 거란다. 그 이후 2000년까지 시카고 대학 출신들이 받은 노벨상이 무려 73개에 이르는 것으로써 시카고 플랜의 성과가 입증되었어. 로버트 허친스 총장은 '존 스튜어트 밀 식 독서법'에 정통한 사람이었다고 해. 그 독서법을 충실히 따른다면 아인슈타인이나 에디슨이 그랬던 것처럼 천재적인 인재로 변화될 수 있다는 사실을 알고 있었던 것이지.

존 스튜어트 밀은 천재적인 사상가로도 유명하지만 독서법으로도 유명한 사람이야. 그 독서법은 초등학교 때부터 플라톤, 아리스토텔레스, 데카르트 등 천재 사상가들의 책을 열심히 읽고 소화해서, 그들의 위대한 사고능력을 자신의 것으로 만드는 거야.

보통 초등학생은 플라톤, 아리스토텔레스를 읽고 이해하는 것이 불가능하다고 생각하지만, 놀랍게도 아이들은 어렵지 않게 받아들인다고 해.

"플라톤과 아리스토텔레스는 나의 친구이다."

아이작 뉴턴이 대학생이 된 후, 노트의 첫 장 위에 이렇게 적었다고 하는구나. 어려서 지진아였던 뉴턴은 교장선생님을 통해 철학 고전 독서교육을 받게 되었고, 그 과정을 통해 조금씩 변화하기 시작했던 거야. 결국 고전 독서가 독창적인 사고를 할 수 있도록 도와준 셈이지.

너도 고전 독서에 도전해 보라고 권하고 싶어. 일단은 먼저 한 권을 정해 통독을 해 보자. 이해하기 힘들어도 읽고 또 읽고, 소리 내어 읽고, 이해되지 않는 문장은 써보기도 하면서 말이야. 서점에 나가 읽기 쉽게 해석이 되어있는 책을 골라 시도해 보도록 하자꾸나.

언젠가 역할 모델이 있었으면 좋겠다고 했었지?

고전 독서 과정에서 너를 변화시킬 본받을 만한 모델을 발견할 수도 있을거라 기대해 볼게.

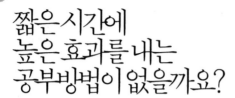

짧은 시간에 높은 효과를 내는 공부방법이 없을까요?

"엄마, 책상 앞에 앉아 있는 시간은 많은데 도무지 진도가 나가지 않아요. 심지어는 친구들의 작은 움직임이나 말소리까지 다 들려요. 걱정만 앞서고, 해야 할 공부는 많은데 머릿속은 복잡하니까 정말 착잡하고 초조해요. 시계의 초침소리가 저승사자의 지팡이 소리 같아서 불안해요. 짧은 시간 공부하고, 높은 효과를 내는 방법이 없을까요?"

"보통 사람이 한 번에 집중할 수 있는 시간은 30~45분 정도라고 해. 이 시간이 지나면 주변의 잡다한 것에 신경이 쓰이기 시작하는 것이지. 자꾸 다른 생각이 떠오를 때는 계속 책상 앞에 앉아있기보다는 휴식을 취하는 것이 좋아. 단, 길게 휴식하는 것은 피해야 해. 지나치게 긴 휴식은 오히려 공부의 흐름을 끊어 집중에 방해가 될 수도 있어.

휴식시간에 게임을 하거나 침대에 누우면 긴장이 풀어져버려 공부하고 싶은 의욕이 사라진단다. 잠시 음악을 듣거나 물을 마시거나 가벼운 맨손체조를 하는 정도가 도움이 된다고 하니 참고해 봐."

• •

한 청년이 왕을 찾아와 인생을 성공적으로 사는 법을 가르쳐 달라고 했어. 왕은 잔에 포도주를 가득 부어 청년에게 주면서 말했어.

"포도주 잔을 들고 시내를 한 바퀴 돌아오면 성공비결을 가르쳐 주겠다. 단, 포도주를 엎지르면 너의 목을 벨 것이다."

청년은 땀을 뻘뻘 흘리며 시내를 한 바퀴 돌아왔어. 왕이 청년에게 물었지.

"그래, 시내를 돌며 무엇을 보았느냐? 거리의 거지와 장사꾼들을 보았느냐? 혹시 술집에서 새어나오는 노래 소리를 들었느냐?"

청년이 대답했어.

"포도주 잔에 신경을 쓰느라 아무 것도 보고 듣지 못 했습니다."

그러자 왕이 말했어.

"바로 그것이 성공의 비결이니라. 인생의 목표를 확고하게 세우고 일에 집중하면 주위의 유혹과 비난이 들리지 않을 것이다."

매일 책상에 앉아 있으면서 공부를 잘하지 못하는 아이와, 잘 놀면서도 공부를 잘하는 아이의 차이는 바로 집중력의 차이에 있어. 이 집중력은 공부하는 학생에게만 필요한 것이 아니란다. '학교 우등생이 꼭 사회의 우등생이 되는 것은 아니다'라는 말이 있어. 이 말은 학교 우등생은 공부만 잘하면 되지만 사회에 나가면 도전 정신, 인간관계, 용기, 창의성, 집중력 등도 매우 중요한 성공요인이 되기 때문이지.

학창 시절에 별 볼일 없던 사람이 성인이 되어 한순간 굳게 마음을 먹고, 자신의 전문분야에 매진하여 누구도 예상할 수 없었던 결과를 냈다면 그것은 집중력 때문이라고 말할 수 있을 거야. 이처럼 집중력은 누가 시켜서가 아니라 스스로 좋아서 몰입할 때 발휘될 수 있는 힘이란다. 부모의 성화에 못 이겨 억지로 다섯 시간을 앉아 있는 아이와 스스로 좋아서 단 한 시간을 집중하는 아이가 있다면, 좋은 효과는 당연히 스스로 좋아서 공부하는 아이 쪽에 있겠지.

그렇다면 네가 고민하는 집중력은 어떻게 기를 수 있을까?

우선 목표가 분명해야 해. 어떻게 할지 몰라 망설이고 주저하는 사람에게서 집중력을 기대하기는 어려워. 목표가 분명하고, 이루고 싶다는 의욕과 자신감이 있다면 집중력은 자연스레 생겨날 수 있어.

그러나 의욕과 자신감이 있다 해도 주위의 환경이나 기타 여건 탓에 집중하지 못 하는 경우도 있을 거야. 공부는 해야 하겠고 집중이 되지 않을 때는 어떻게 할까.

공부하는 도중 집중력이 떨어진 후에도 마지못해 책상 앞에 앉아 있는 것은 어리석은 짓이야. 마지못해 하는 공부가 계속되다 보면 나중엔 공부자체가 싫어질 수밖에 없어. 사람마다 집중력이 강한 시간대가 있어. 새벽이라든지, 저녁 시간이라든지 네가 집중이 잘 되는 시간을 활용해야 해. 그러고도 집중이 되지 않으면 좀 쉬는 시간을 가져봐. 뇌에 공부가 고통이라는 생각을 심어주지 않으려면 정기적으로 휴식을 취해 줘야 해. 30분 공부하고 10분 쉬고, 또 30분 공부하고 10분 쉬고. 쉬는 시간이 부족하다 싶으면 15분으로 늘리는 것이지.

시계를 자주 들여다보는 습관, 공부하는 동안 빠른 음악을 듣는 것도 집중에 방해가 된다고 해. 그러나 어떻게 하는 것이 집중에 도움이 되는지, 스스로 터득한 방법이 있다면 나름대로의 방법을 개발하는 것도 중요하다고 생각해.

다른 생각이 들지 않도록 가끔 다른 일을 섞어서 한다든지, 시간 단위보다는 분 단위로 공부시간을 정한다든지, 집중력이 떨어지면 과목을 바꾼다든지, 밤이라면 스탠드 하나만 켜고 공부한다든지 하는 것도 시도해 볼만한 방법들이야.

그리고 마음이 편해야 하니까 걱정거리는 되도록 멀리 쫓아버리렴.
아침식사를 거르지 않는 것도 집중에 도움이 된다고 하니, 조금 더 자
려고 아침식사 시간을 놓쳐버리는 일이 없어야 해. 충분하게 영양섭취
가 되어야 긍정적이고 활기찬 생활을 할 수 있단다.

어른이 되는 과정을
겪고 있는 너에게

넌 할 수 있어. 힘을 내!

아주 잘 했어.

넌 최선을 다 했어!

자, 한 번만 더. 우리 같이 해 볼까?

오늘부터 시작하자. 파이팅!

멀리 봐. 멋진 인생이 널 기다리고 있어!

나우울증에 걸렸나봐요

"엄마, 우울해요. 마음이 마치 텅 빈 배, 아무도 없는 빈 바다 같아요. 기분을 바꿔보려고 판타지 소설을 읽고 컴퓨터 게임에도 몰두해 보았지만 기분은 그대로예요.

왜 이러는 건지 곰곰이 헤아려 보았지만, 시험을 앞두고 있는 것도 아니어서 시기적으로는 편안한 상태거든요. 혹시 아무것도 하지 않는다는 것이 불안해서 그럴까요? 치열하게 도전하지 않으면 불안해지는 공황 상태 말이에요.

아무것도 하기 싫고 의욕이 없어요. 다 포기하고 싶어요. 우울증에 걸린 것이 분명해요."

"우울증은 마음의 감기란다. 환경에 예민하게 반응하다보면 쉽게 올 수 있는 일종의 신호 같은 거야. 쉽게 걸릴 수 있고 또 쉽게 나을 수 있어. 뭔가 하지 않으면 안 된다는 생각을 버리고 그냥 쉬어 봐. 잠시 의욕이 주춤할 뿐이라고 생각해.

쉬다 보면 열정도 되살아날 거야. 열정만이 우울증을 낫게 할 수 있단다. 열정만 있다면 아무것도 두려워 할 것 없어. 기분이 좋아지는 생각을 주로 하렴."

. . . .

열정이란 새로운 환경에 빠른 적응능력을 갖도록 몰두하게 만드는 힘이야. 그래서 시간을 낭비하지 않고 목표를 향해 나아가게 만드는 원동력이 되는 것이지. 하지만 열정이란 언제나 한결같을 수만은 없어. 특히 청소년기의 열정은 다른 유혹에 쉽게 흔들릴 수 있단다.

그러나 열정이 사그라졌다고 해서 걱정할 일은 아니야. 10대 시절의 목표는 바뀔 수도 있고, 굳건한 목표라 해도 흔들릴 수 있으며, 뜻하지 않은 벽에 부딪혀 포기하고 싶기도 한 거야.

2008년 사법고시 1차 합격자 2,808명 중에는 2명의 시각장애인이 포함되어 있었어. 3명이 도전하여 2명이 합격했다고 하는구나. 그들이 수많은 좌절을 극복하고 목표를 향해 한발 다가서게 만든 것은 열정의 힘이 가장 컸을 것이라고 생각해. 불합격한 1명도 열정만 있다면 반드시 다음 기회에 그 꿈을 이룰 수 있을 거야.

독일의 작곡가 베토벤은 음악가로서 한창 이름을 날릴 때 귀가 들리지 않는 절망적인 상황에 부딪혔어. 고통 속에서 몸부림치던 베토벤은 죽기로 결심하고 유서를 쓰기 시작했다고 해. 그 때 마음의 소리가 들렸다는구나.

"유서를 쓰고 있는 네 두 손은 멀쩡하지 않은가."

귀가 들리지 않는다고 음악이 끝난 것은 아니라는 것을 깨달은 베토벤은 결국 음악에 대한 남다른 열정으로 다시 일어설 수 있었어. 열정만 있다면 부족한 것은 얼마든지 채울 수 있단다.

꿈이 없다면 실패도 없어. 바꾸어 말하면 꿈이 있기에 실패도 있다는 얘기지. 일상에서 일어나는 모든 자극에 대하여 민감하게 반응한다면 그만큼 좌절감에 부딪히는 횟수도 많아지겠지. 수많은 자극을 선택적으로 걸러내는 노력이 필요해. 그것이 열정을 유지하는 법이기도 하단다.

열정만 있다면 실패를 받아들이는 방법도 훨씬 긍정적이 될 거야.

"난 안 돼. 애초부터 안 될 일이었어"라고 생각하기보다는 "아니야.

이건 있을 수 있는 일이야. 그렇다고 꿈을 포기할 수는 없어"라고 생각해 봐.

포기할 수 없으니 다시 시작하게 될 것이고 열정은 전보다 더 강렬할 거야. 얼마나 멋진 생각이니?

열정이 있는 사람은 실패하는 것이 수치가 아니라 포기하는 것이 가장 큰 수치라고 생각한단다. 즉 어떤 것에도 몰두할 수 없는 사람은 성공을 원하지만 결국은 실패하게 될 거야. 휴식을 온전하게 즐길 줄 아는 것. 그것도 일종의 기술이고 능력이란다.

무엇이
옳고 그른지
모르겠어요

. . . .

"엄마, 가끔은 가치관이 흔들려요. 무엇이 옳고 그른지도 모르겠어

요. 목표를 위해 멀리하고 외면해야 할 것들이 너무 많아 힘이 들거

든요. 그래서 꿈꾸던 하루 동안의 일탈을 위해 오랜만에 노래방에 갔

어요. 그런데 노래를 부르면서도 공부만이 살 길이라는 지리 선생님

말씀이 자꾸만 떠오르는 거예요. 이 시간에 영어단어 하나라도 더 외

워야 하는 게 아닐까 하는 그런 불안감에 맘껏 즐기지도 못 했어요.

공부만이 살 길인 이 상황이 싫어요. 대놓고 강요하지 않지만 실제로

는 강요당하고 있는 현실, 이 강박관념이 나를 도망치게 만들어요.

엄마, 난 혼란스러워요."

"달콤한 유혹을 거절하려니 가끔은 그런 마음도 들 거야. 그것은 해야 할 것과 하지 말아야 할 것을 정확히 구분하고 있다는 것의 또 다른 표현이야. 공부 이외의 어떤 행동도 용납 못 하는 것은 분명 강박관념이야.

하루 정도의 일탈을 꿈꿨다면 온전히 마음을 비워보렴. 그래, 노래방에서는 어떤 노래를 불렀니? 넌 어느 가수를 좋아하니?

너의 인생은 남에게 보이기 위한 것이 아니란다. 가치관만 확실하다면, 유혹에 빠질 일도, 또 유혹에서 헤어나지 못 할 일도 없단다."

• •

날마다 무거운 가방을 들고 출근하는 어머니가 있었어. 크고 까만 그 가방은 키가 작은 어머니를 더욱 작게 만들었어. 그러나 하루 종일 그 가방은 책상 밑에만 있을 뿐 한 번도 열리지 않았어. 사람들은 무척 궁금해 했지. 도대체 저 가방 속엔 무엇이 들어있을까?

참다못한 동료들이 어머니 몰래 가방을 열어보았는데 가방 안에는 굵고 가는 여러 가닥의 전선들이 빼곡하게 들어있었어. 더욱 궁금해진 사람들은 어머니에게 물었어.

"아니, 왜 전선을 가지고 다니시는 거예요?"

"컴퓨터를 못 하게 하려고요. 아이가 중학교 3학년인데, 학교 갔다

오면 오후 내내 컴퓨터 게임만 하고 있어요."

"그렇다고 저 무거운 것을 들고 다니시다니. 적당히 하라고 타이르시죠."

"별별 방법을 다 써 봤지요. 무엇을 어떻게 해야 컴퓨터를 사용 못하는지 알 수 없어 아예 선이란 선은 다 뽑아오는 거지요."

사람들은 순간 소리 내어 웃었지만 이내 시무룩해졌지.

"우리 아이도 게임에 빠져 번번이 학원을 빼먹어요. 학원에 전화해 보는 것도 이제 창피해요."

컴퓨터 게임에 대한 얘기를 시작으로 또래 아이들을 가진 어머니들의 근심거리가 하나, 둘 쏟아져 나왔어. 불량한 친구들과 어울려 공부를 멀리하는 아이들도 있었고, 경제관념이 없이 최고급 브랜드만을 고집하는 아이도 있었어. 매일 매일이 엄마와 아이의 전쟁이라는 거야.

청소년기에 하고 싶은 것, 갖고 싶은 것, 누리고 싶은 것을 절제할 수 있는 힘과 올바른 가치관을 갖는 일이 얼마나 어렵고 중요한 일인지를 실감했단다.

흔히들 어려서부터 건전한 가치관이 형성되어야 한다고 말하고 있어. 옳고 그름에 대한 분별력을 배양해야 한다는 뜻이지. 미래의 너의 모습은 10대에 가진 가치관이 크게 좌우한단다. 왜냐하면 무엇을 판단하고 결정할 때 자신이 가지고 있는 틀 속에서 행동하게 될 테니까.

자신이 가장 소중하게 생각하는 것이 무엇인지 명확하게 알면 나아갈 길이 보이기 시작해. 이것이 바로 가치관이야. 자기가 가장 중요하다고 생각하는 일에 온 마음을 다해 매진할 때 사람들은 영혼 깊은 곳에서 우러나오는 기쁨을 느낀단다. 자신이 잘 하는 일이라고 해도 그것을 중요하게 생각하지 않는다면 기쁨이 될 수는 없어. 또한 해서는 안 되는 일을 자기 합리화시켜 행동한다면 그건 올바른 가치관이라 말할 수 없어. 사람들은 남의 그릇된 행동이나 표현에는 크게 분개하면서 자신의 잘못에 대해서는 분개하지도, 싸우려 하지도 않는단다.

확고한 가치관을 가진 너라면 순간의 쾌락과 즐거움만을 위하여 현재를 낭비하고 미래에 대한 준비를 소홀히 하지는 않을 거라고 믿어. 주위사람들을 의식하지 말고 너에 대해 생각하는 시간을 가져봐. 어떤 사람이 되고 싶은가, 어떤 사람으로 인정받고 싶은가, 그런 사람이 되기 위해 나는 무엇을 했는가, 지금은 무엇을 하고 있으며 앞으로 무엇을 할 것인가? 과거의 모습, 현재의 모습, 그리고 미래의 모습을 그려보는 거야. 그것이 너를 마주 보는 용기란다.

난왜 이렇게
창의적이지 못하죠?

· ·

"엄마, 난 딱 정해진 일이라면 잘 할 자신이 있어요. 어쩌면 틀에 맞춰진 생활 덕분인지도 몰라요. 하지만 그 생활 탓에 무언가 생각해 아이디어를 내야 하는 것은 딱 질색이에요.

누가 좋은 생각 있느냐고 물을 때 제일 난감해요. 물어 보는 사람이 원하는 좋은 생각이란 바로 독특한 생각이잖아요. 독특한 것, 새로운 아이디어를 내는 것은 어려워요.

물론 남과 다른 길을 가려면 남과 다른 생각을 가져야 한다는 것은 알겠어요. 나는 왜 이렇게 표현력도 창의력도 부족하지요? 어떻게 채울 수 있지요?"

"창의력의 가장 큰 적은 '난 못 해'라는 부정적인 사고야.

현재의 조직은 지위보다는 능력이 중시되고 있어. 능력은 곧 창의력을 말

해. 창의력을 쉽게 말하면, 남들이 어떻게 생각하느냐가 아니라 너 자신은

어떻게 생각하는가야.

생각이 특별해야 되는 것은 아니란다. 단지 너의 생각을 표현할 줄 아는 것

만으로도 이미 창의성을 발휘할 수 있는 기회를 가진 것이란다."

• •

아주 오래전, 지금처럼 건물의 담벼락에 그림을 그릴 엄두를 내지

못 했던 시절, 지방의 어느 중학교의 담벼락엔 미키마우스 · 톰과 제

리 · 아기공룡 둘리에 나오는 만화캐릭터들이 그려졌단다. 원래 그 담

은 폭이 좁은 길과 접해 있는 무미건조한 회색의 시멘트벽이었어.

사실 그 학교엔 큰 고민거리가 하나 있었어. 학교 앞 제한 속도를 크

게 표시해 놓아도 등하교길 교통사고가 줄지를 않았어.

어느 날, 선생님과 학생들이 머리를 맞대고 좋은 방법을 찾아보기로

했어. 가장 많은 의견은 과속 방지턱을 더 높이자는 것과 자치단체에

건의하여 도로를 폐지하자는 것이었어. 그러나 뜻밖의 의견이 하나 나

왔어. 더욱 뜻밖인 것은 상기가 그 의견을 내놓았다는 것이었어. 상기

는 소위 말하는 문제아였단다.

"담에다 그림을 그리면 눈에 잘 띄어 사고가 줄 거라고 생각해요."

선생님은 그 말에 깊이 생각하지 않고 대답했어.

"그래? 그림을 누가 그리나, 네가 한번 그려볼래?"

"네."

상기의 대답은 시원스러웠지만 선생님은 어떤 기대도 하지 않았어.

그러나 상기는 어떤 그림을 그릴까를 연구했어. 친구들에게 묻기도 하고 부모님, 친척들에게도 의견을 물었지만 아무도 뾰족한 대답을 해 주지 못 했지. 많은 생각 끝에 상기가 내린 결론은 이랬어.

'직접 운전을 하는 사람들은 어른들이니까 어른들 눈에 띄어야 해. 어른들도 쉽게 알아볼 수 있는 만화캐릭터를 그려야겠어.'

다음 주가 되자 상기는 선생님께 이러이러한 그림을 그리겠다며 스케치북을 보여 드렸어. 상기에게 그런 창의력과 그림 실력이 있다는 것을 안 선생님은 깜짝 놀랐어. 아이들은 더 말할 것도 없었지. 상기는 커다란 담벼락에 만화캐릭터들을 배치하고 밑그림을 그렸어. 그림에 관심이 있는 친구들에게도 도움을 청했어. 결과는 대성공이었단다. 담벼락이 화려해지면서 숨어있던 학교의 모습이 선명해지고 차들은 속도를 줄었어. 그림을 보는 어른들도 마음이 밝아지는 것을 느꼈어. 소문이 돌기 시작했고 폐물처럼 느껴지던 도시의 담벼락들이 생기가 넘치는 미술관으로 변하기 시작했어.

사실 상기의 생각은 특별한 것은 아니었어. 왜냐하면 나중에 안 일이지만 그 생각을 한 학생들은 상기 말고도 대여섯 명이 더 있었다는 거야. 그러나 생각을 겉으로 끄집어낸 사람은 상기뿐이었어. 평범한 생각을 끄집어내 실행한 결과는 대단한 것이었단다.

"도전적이고 창의력 있는 인재를 구합니다."

기업의 입사 공고문에 자주 등장하는 문구야. 작고한 이병철 삼성그룹 회장은 아무리 학교 성적이 좋아도 성실성과 창의성이 부족해 보이는 사람은 뽑지 않을 정도로 창의성을 인재 선발의 최우선 덕목으로 삼았다고 하는구나.

창의력을 흔히 21세기의 키워드라고 말을 해. 창의력은 스스로에 대한 자부심에서 비롯된단다. 또한 자부심은 자기가 하는 일이 좋고 재미있을 때 나오는 거야. 재미있는 일을 미치도록 하다보면 그 분야의 전문가가 되는 것은 시간문제란다. 너 역시 재미있는 일에 몰두해 시간이 어떻게 흘러갔는지 모르는 무아지경에 빠져본 적이 있을 거야. 그러한 일이 무엇이었는지 생각해 봐.

창의력 검사의 대가 '토란스'는 창의성을 이렇게 표현했어.

'창의성은 더 깊게 파고,

두 번 보고,

실수를 감수하고,

고양이에게 말을 걸어 보고,

깊은 물 속에 들어가 보고,

잠긴 문 밖으로 나오고,

태양에 플러그를 꽂는 것이다.'

허무맹랑할 수도 있는 것, 아무 상관도 없어 보이는 대상들을 연결 짓는 것이 창의력의 비밀이란다.

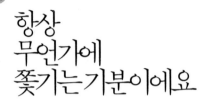

항상
무언가에
쫓기는 기분이에요

• •

"엄마, 공부와 관련되지 않은 일을 하고 있을 때면 시간을 낭비하고 있는 것은 아닌지, 뒤처지는 것은 아닌지 불안해서 견딜 수가 없어요. 아무도 공부하라고 하지 않지만 언제나 공부 생각으로 불편해요. 나도 알아요. 마음의 부담을 느낄까봐 일부러 아무 말도 하지 않는다는 걸요. 하지만 그것까지 짜증이 나요. 난 아직 어수룩해서 내 행동에 책임을 지기도 두려운데 나를 믿어 주는 사람들을 위해 애써 태연해 보이려고 위장하고 있어요.

보이지 않는 그림자가 나를 삼키는 것 같아요. 설마 이렇게 공부만 하며, 평생 쫓기는 마음으로 살아야하는 것은 아니겠지요?"

"그 불안하고 불편한 마음은 어디에서 오는 것일까? 잘하고 싶은 욕심보다는 해야만 한다는 압박감이 더 크기 때문이야. 지금의 공부는 살아가며 깨우치는 것 중의 하나로 결코 소홀히 할 수 없는 과정이야.

공부를 잘 할수록 너의 선택의 폭은 그만큼 넓어진단다. 너에 대한 믿음은 꼭 공부를 잘 하리라는 것이 아니야. 너의 결정과 실천, 노력을 믿는다는 것이지. 공부도 네가 좋아하는 것을 즐긴다는 생각으로 한다면 지금의 그 불쾌하고 불안한 기분에서 벗어날 수 있을 거야."

• •

한 사회학자가 사람들이 자신이 하고 있는 일에 대하여 어떻게 생각하는가를 알아보기 위해 조사에 나섰어. 그는 파리 시내의 한 건축현장으로 갔어.

그곳에서 만난 한 건축기사에게 물었단다.

"지금 무슨 일을 하고 있습니까?"

건축기사는 별 이상한 사람을 다 본다는 표정을 지으며 말했어.

"보면 몰라요? 나는 지금 감독이 시키는 대로 이 뙤약볕에서 땀을 흘리며 일을 하고 있소. 지겨워서 죽을 지경이란 말이요."

학자는 다른 건축기사에게 물었어.

"지금 무슨 일을 하고 있습니까?"

"이 돌들을 깨뜨려 쓸모 있는 모양으로 다듬고 있소. 설계사가 설계한 대로 짜 맞추기 위해서요. 당신이 보는 것보다 훨씬 힘들고 또 반복해서 해야 하오. 하지만 가족을 먹여 살려야 하니 어쩔 수 없지 않소?"

약간 용기를 얻은 학자는 세 번째 건축기사에게 물었어. 그 사람은 하늘 꼭대기를 가리키며 말했어.

"보세요. 저는 지금 대성당을 짓고 있는 중이에요."

같은 일을 하고 있지만 그 일에 부여하는 의미는 각자 다르다는 이야기란다.

"내 꿈은 피아니스트가 되는 거예요. 수학, 과학을 공부하느라 시간을 허비하고 싶지 않아요. 그 시간에 피아노 연습을 더 열심히 하는 것이 낫지 않겠어요?"

이렇게 말하는 친구도 있을 거야. 물론 학교에서 배우는 그 많은 내용이 자신이 어떤 사람이 되는 것에 모두 필요한 것은 아니야. 아마 어떤 내용들은 전혀 도움이 되지 않을 수도 있어. 그렇다고 소홀히 해서는 안 되는 이유가 있어.

사람은 나이에 어울리는 논리적 사고력과 이해력을 갖추어야 해. 공부는 사고력과 이해력을 길러주는 기초지식이야. 사회에 나가게 되었을 때 기초지식이 없으면 세상은 그만큼 더 어렵고 힘들어진단다. 사회문제에 대한 관심, 인간관계의 연결 고리 등 세상 속에 같이 어울려 살아가는 기본적인 준비물인 셈이지.

하기 싫다든가 의미를 찾을 수 없다고 해서 포기할 수 있는 것이 아니야. 보다 행복한 삶을 살기 위해서 준비하고 있는 거지. 그러니 공부가 너를 구속하고 못 견디게 한다며 불평하기보다는 주어진 시간에 모든 정열을 쏟고 있다고 생각했으면 좋겠어.

공부의 끝이
있긴 한 거예요?

· ·

"엄마, 공부를 하면 할수록 공부의 끝이 없다는 말이 실감나요. 이만

하면 됐다는 생각조차 들지 않아서 짜증이 나요.

물론 그런 부정적인 생각들과 완벽해야 한다는 욕심도 버리려 노력

하고 있어요. 그런데도 정리가 되지 않네요.

해야 할 일들과 생각들로 마음이 넘쳐나고 있어요. 안목을 넓혀보려

노력하지만 현실을 쫓아가는 것도 바빠요.

도대체 끝이란 놈은 있기나 한 거예요?"

"크고 작은 공들을 항아리에 많이 담는 방법은 무엇일까?

미국의 한 방송사에서 이런 실험을 한 적이 있었어. 정해진 양의 크고 작은 공들을 모두 수조에 담는 실험이었는데 많고 적음의 차이만 있었을 뿐 누구도 모두 담지는 못 했어. 그러나 한 가지 방법이 있었단다.

그 방법은 먼저 큰 공들을 수조에 넣고 그 사이에 작은 공들을 집어넣는 것이었어. 놀랍게도 누구나 할 수 있는 일이었단다.

생각의 정리 역시 다르지 않아. 먼저 큰 문제들을 생각하고 나머지 작은 문제들을 생각하는 것이지. 그러나 그 과정에서 작은 것들은 모두 과감히 버릴 줄도 알아야 해. 생각을 단순하게 정리할수록 목표를 위해 달리는 길이 빨라진단다."

• •

2002년 노벨연구소가 세계 최고의 작가 100인을 대상으로 실시한 설문조사에서 '역사상 가장 위대한 문학작품'으로 꼽은 소설이 있는데 그것이 바로 세르반테스의 '돈키호테'였단다.

이 소설이 최고의 문학작품으로 뽑힌 이유는, 돈키호테라는 인물을 통해 인류가 본받을 만한 인간상을 만들었기 때문이라는 것이 노벨연구소의 설명이었어.

돈키호테는 이상을 향해 끊임없이 도전하는 순수함과 현실적인 벽

따위는 아예 생각하지 않는 무모함의 상징이었어. 항상 꿈을 꾸고, 이루어질 수 없는 사랑을 하며, 때로는 강력한 적과 싸우고, 잡을 수 없는 하늘의 별을 좇는 삶을 살았지만 결코 꿈을 버리지 않는 행동형 인간이었던 것이지.

작은 변화에도 몸을 움츠리며 현실에 안주하려는 사람들에게 400년 전, 문학 속의 인간 돈키호테가 말하고 있단다. '주위의 시선과 반복되는 실패에도 불구하고 자신의 이상을 향해 뜻을 굽히지 말고 다가서'라고 말이야.

즉 자기 주도적인 삶을 살라는 거야. 주도적이란 의미를 한 마디로 설명하기는 힘이 들지만 매사에 긍정적인 사고와 태도를 가지고 자신의 삶을 적극적으로 살아야 한다는 뜻을 가지고 있어. 그러기 위해서는 먼저 자신을 신뢰하고 사랑하는 마음이 있어야 한단다.

주도적이지 못 하고 방어만 하는 삶을 사는 사람이라면 항상 의심하고 불평하며 살아가게 될 거야. 행동은 없고 생각만 많겠지.

너희들은 이렇게 얘기하겠지.

"우리는 언제나 변화된 삶을 원해요. 하지만 지금으로서는 공부 이외에는 아무 것도 할 시간적 여유가 없어요."

학업에 따른 스트레스와 언제나 부족한 잠. 한국의 청소년들이 온전히 혼자 사용할 수 있는 시간은 평균 2.2시간에 불과하다고 하더구나.

짧긴 하지만 그 시간을 어떻게 쓰고 있는지를 생각해 보았으면 한다. 나머지 시간에 몰입할 수 있다면 2.2시간은 순전히 너 자신을 위해 사용할 수 있겠지만, 어쩌지 못 해 끌려 다닌다면 이 2.2시간도 무엇을 해야 할지 몰라 그저 그렇게 무의미하게 보내게 될 거야.

게으름이 종종 인내로 오해될 때가 있어. 그러나 게으름은 아무것도 하지 않고, 아무것도 기대하지 않으며, 스스로를 아무것도 아닌 존재로 만들지.

지금 이 순간, 너를 들여다보는 여유를 가졌으면 좋겠어. 어제와 같은 습관, 어제와 같은 행동을 반복하고 있지는 않은지.

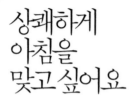

상쾌하게
아침을
맞고 싶어요

"엄마, 아침에 일어나면 언제나 마음이 무거워요.

거울을 보면 화가 잔뜩 난 사람 같이 심통 맞아 보여요. 또 펼쳐질 지

루한 하루를 생각하면 그럴 수밖에 없지만 그래도 그 생각을 떨치고

상쾌한 시작을 하고 싶어요.

하루를 상쾌하게 시작하는 방법이 없을까요?"

"엄마도 공부가 전부인 10대에게, 아침이란 새로운 고통이 시작되는 시간

이라는 생각을 해. 그런데 우리의 몸은 정신을 따라 움직인단다. 마음이 즐

거우면 몸이 가뿐해지지만 마음이 어둡거나 고통에 시달릴 때는 몸도 같이

힘들어지지.

공부에 프로가 되겠다는 마음을 가져보렴. 프로는 자신이 하는 일을 즐기는 사람이란다. 이왕에 하는 공부라면 남보다 잘 하고, 즐기는 편이 낫지 않을까?

아침은 프로에게 새로운 날이 시작되는 것이라고 생각해 봐. 그리고 꿈이 이루어진 날을 상상해 보는 거야. 그렇다면 얼마든지 하루를 즐겁게 시작할 수 있단다."

• •

한참 영어회화에 열을 올리던 시절, 같은 스터디 그룹에 속한 외국인들과 속리산으로 여행을 간 적이 있어. 속리산의 가을은 우리 모두의 탄성을 자아냈단다. 평소 표현이 좀 과장되다 싶은 외국인 친구들의 제스처가 조금도 어색하지 않을 정도로 속리산은 정말 아름다웠지.

오후 7시에 도착해 먼저 숙소를 정하고 저녁을 먹은 다음, 넓은 잔디밭에서 우리는 많은 이야기를 나누었어. 전부 다 이해할 수는 없었지만 자기 나라의 문화와 풍습, 삶의 어려움에 대처하는 방법 등 비교적 무거운 주제일 수도 있는 이야기들을 어렵지 않게 주고받았어.

나는 나이가 많은 51세의 미세스 무어와 한 방을 쓰게 되었는데 저녁

내내 깊이 잠들지를 못 했어. 미세스 무어의 잠꼬대 소리를 들으며 나 또한 영어로 꿈을 꾸어야했으니까. 꿈속에서조차 적절한 영어 표현을 찾느라 머리를 써야 했으니 얼마나 힘이 들었을지 짐작이 가지?

얼마나 잤을까, 난 흥얼거리는 노래 소리에 눈을 떴어. 이건 또 무슨 일인가 싶어 어리둥절했지. 그건 미세스 무어가 샤워를 하며 부르는 노래 소리였어. 물소리와 함께 들려오는 흥얼거림이 맑고 상쾌하게 느껴지며 무거운 나의 아침을 깨워주었어.

"굿 모닝!"

밝게 웃으며 아침 인사를 하는 미세스 무어의 모습은, 표정의 변화 없이 아침을 시작하던 나에게 신선한 충격으로 다가왔단다.

경쾌한 노래를 부르며 샤워하는 사람이 얼굴을 찡그리고 있지는 않겠지? 잠에서 깬 후 비교적 짧은 시간에 머리를 회전시키는 방법이 바로 샤워를 하는 것이란다. 아침에 일어나면 우리의 체온이 평소보다 낮기 때문에 혈액순환이 원활하지 않으니까 뇌에 많은 양의 피가 공급되지 못 하고, 이때 머리가 맑지 않은 것은 당연해. 따뜻한 물로 샤워를 하면 체온이 평소와 같아져 혈액순환이 원활해질 테니, 바로 공부를 시작할 수도 있을 거야.

표정이 부드럽고 웃는 모습이 멋진, 나이보다 훨씬 젊고 인자해 보이는 선생님께 학생들이 여쭤봤어.

"어떻게 하면 선생님처럼 웃는 모습이 멋질 수 있는지 가르쳐 주세요."

선생님은 환하게 웃으며 대답했어.

"매일 아침 거울 속에 비친 자신에게 세상에서 가장 크고 환하게 웃어 주는 거야. 그리고 격려해 준단다. 파이팅!"

원래 선생님은 쳐다보기만 해도 무서운 인상이었어. 자기는 그저 가만히 있을 뿐인데 다들 화가 나 있거나 기분이 좋지 않은 걸로 착각할 정도였으니까. 이래서는 안 되겠다 싶어 선생님은 매일 웃는 연습을 했다는 거야. 아침에 일어나 제일 먼저 거울을 보고, 최대한 크고 밝게 웃으며 하루를 시작했어. 처음엔 어색하고 낯설었지만 어느 사이 자신도 모르게 표정이 밝아져 있더라는 거야. 마음도 따라 같이 밝아지고 언제나 부드러운 인상으로 다른 사람까지 덩달아 미소 짓게 만드는 '에누 바이러스'를 퍼뜨리는 사람이 된 거야.

에누 바이러스는 '안 된다'를 '된다'로, '희망 없다'를 '가능하다'로 바꾸어 주는 육체가 아닌 정신에 퍼지는 긍정적인 바이러스를 말해.

흔히 커뮤니케이션에서 말이 가장 중요하다고 생각하지만 그렇지 않다는 통계가 있어. 언어로 하는 의사소통은 7%에 불과하고, 목소리 톤이 38%, 몸짓이 50%나 차지한다고 해. 곧 70~90%의 커뮤니케이션이 말이나 글이 아니라 몸짓, 표정, 눈빛으로 이루어진다는 얘기이지.

지금부터라도 거울을 보고 너의 표정을 만들어가는 것은 어떨까. 화가 잔뜩 나 있는 얼굴에 대한 특별한 처방이 아닐까? 그것은 스스로의 가치를 높이는 일이 되고, 좋은 인간관계를 형성해 가는 기본을 갖추는 일이기도 하단다.

정말 공부에는
왕도가 없나요?

· ·

"엄마, 공부엔 정말 왕도가 없는 걸까요?

내 나름대로의 공부방법을 가지고 있긴 하지만 그 방법이 최상인지

는 알 수가 없잖아요. 분명 지금 내 공부방법보다 더 효율적인 공부

방법이 있을 것 같아요. 만약 그 방법을 알아내고, 그것을 내게 적용

시킬 수만 있다면 분명 지금보다 나은 성적을 낼 수 있을 텐데…

공부방법을 바꿔 볼까요? 바꾼다면 어떻게 바꾸면 될까요?

"전교 1등의 옆자리에는 프리미엄이 붙는다는 우스갯소리가 있을 정도로

공부방법이며 학습태도를 배우려는 친구들의 경쟁이 치열하다고 해. 또, 겨

울방학이 되면 노트를 물려받으려고 후배들이 줄을 선대.

공부 잘하는 아이들에게는 당연히 그들만의 비법이 있어. 가장 중점을 두는

것이 그들만의 비법인 것이지. 그들이 중점을 두었던 공통된 내용은 시간

관리에 철저했던 것이었어."

* *

중학교 2학년인 규원이는 사소한 문제로 친구와 말다툼이 붙었어.
상대는 공부를 좀 한다는 친구였다고 해. 옥신각신 말들이 오고 가던
중 친구가 이런 말을 했어.

"넌 내 발끝도 못 따라와."

자신의 발끝도 못 따라오는 사람과 더 이상 다투고 싶지 않다는 말이
었겠지.

"뭐? 내가 너의 발끝도 못 따라간다고? 그래, 너 한번 두고 보자."

규원이는 자존심이 무척 상했어. 공부 좀 한다고 얕잡아 보고 그런
심한 말을 하다니, 오기가 생겼어.

'이 사건' 이후 규원이는 공부에 전력투구했어. 어떻게 보면 사소한
일일 수도 있었지만 자존심이 센 규원이에겐 큰 전환점이 되었단다.
그 전까지 반에서 15등 정도 하던 평범한 학생이 전교 3등 안에 드는

우등생으로 변한 거야.

방과 후 그저 놀기만 했던 규원이는 매일 두 시간씩 수학 위주로 문제집 풀기에 돌입했어. 그러자 성적이 쑥쑥 오르기 시작했고 재미가 생겼어.

고등학교 올라가서도 공부에 대한 열정은 변하지 않았어. 고1 때부터 자율학습이 끝난 오후 9시 이후에도 하루도 거르지 않고 두 시간 정도 책상 앞에 앉았다고 해. 하루에 네 시간 반만 자면서 책을 놓지 않았어. 고3 때는 예습을 철두철미하게 했어. 수업시간에 배울 내용을 미리 공부했다가 수업시간에 자신이 공부한 것과 어떻게 다른지 비교했다고 해.

규원이의 특별한 공부방법은 문제집 풀이였어. 양으로 승부한다고 할 정도로 300권이 넘는 문제집을 풀었어. 특히 수학의 경우 수많은 문제집을 접하다 보면 그 전에 틀린 문제나 그 유형을 다시 한 번 풀게 되고, 이것이 반복되나보니 자연스레 방법이 익혀졌어. 그 결과 의대에 전액 장학생으로 입학을 했다는구나.

가장 중요한 문제는 시간 관리에도 있었어. 일요일 밤마다 다음 일주일치 공부 목표량을 수첩에 적어 그대로 실천했어. 혹 친구들과 만나더라도 정한 시간이 되면 집으로 돌아올 정도로 꼼꼼했어. 그렇게 계획대로 시간을 쪼개 사용한 것이 무척 효율적이었다고 하더구나.

또, 전교 1등을 놓치지 않는다는 동준이의 공부방법은 교과서와 노트 필기에 있다고 해. 국어과목 공략법을 보면, 빨간색 볼펜으로 선생님의 설명을 거의 빼놓지 않고 페이지마다 빼곡히 적어 놓았어. 수업 중 이해를 못한 부분에는 별표가 처져 있는데, 나중에 질문을 해서 완벽하게 이해하고 넘어가자는 표시라고 해.

그것만이 전부가 아니야. 참고서에는 스스로 선생님이 되어 그날 배운 내용을 강의하듯 옮겨 놨어. 거기에도 세모나 동그라미 등 표시가 있어. 이 역시 주요 낱말이나 이해하기 어려웠던 부분을 눈에 띄게 표시해 둔 거야. 설명하듯 혼자 참고서 필기를 하다 보면 자기가 무엇을 모르는지 정확히 알 수 있다고 해.

동준이의 시험공부 계획표를 보면, 시험 3주전부터 계획이 시작되고 있어. 보통 첫째 주는 국영수 등 주요과목을 공부하고, 두 번째 주는 암기과목, 세 번째 주는 주요과목과 암기과목을 병행하여 총정리 하는 식이야. 일정표대로라면 과목별로 시험 당일까지 네다섯 번씩 반복 학습이 이루어지는 것이지. 계획표는 두루뭉술하게 작성하는 것이 아니라 목표량을 페이지까지 구체적으로 작성한다고 해. 역시 시간 관리가 얼마나 중요한지를 말해 주고 있지?

규원이나 동준이는 자신만의 공부방법을 가지고 있었어. 그러나 그 방법이 좋다고 해서 무조건 따라 하는 것은 무리야. 자기만의 비법을 익혀서 계획대로 밀고 나가는 것이 중요해. 흔히들 공부에는 왕도가 없다고 말하지만 그래도 우등생들이 지키는 공통된 공부방법 중 중요한 하나는 예습과 복습을 꼭 지키는 거야. 예습과 복습은 공부에 대한 흥미와 자신감을 높이는 데 가장 효과적이란다.

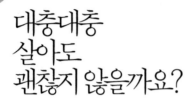

대충대충 살아도 괜찮지 않을까요?

"엄마, 내 마음속의 악마가 속삭이고 있어요.

'야! 대충대충 해. 그것은 너에게 과분해! 넌 거기까지야. 그냥 쉬어!

그 정도면 대학은 갈 수 있어, 그 정도면 됐지, 뭘 더 바래! 만족해, 그

쯤에서 만족하라구, 그 이상은 욕심이야! 어디를 오르려고. 분수를

알아야지!'

악마는 나를 자만하게 만들기도 하고, 굴욕을 느끼게도 해요. 그런데

시간이 지날수록 악마를 이길 수가 없어요. 한없이 게을러지고만 있

어요."

"그래, 악마는 수많은 유혹과 불신의 소리를 내뱉지. 악마의 소리는 발전의 최대 장애물이야. 하지만 천사의 소리에도 귀를 기울여 보렴.

'넌 할 수 있어. 힘을 내! 아주 잘 했어. 넌 최선을 다 했어! 자, 한 번만 더. 우리 같이 해 볼까? 오늘부터 시작하자. 파이팅! 멀리 봐. 멋진 인생이 널 기다리고 있어!'

천사는 너의 가능성을 믿고 있단다."

• •

한 남자가 벼룩을 잡아 유리병 안에 집어넣고 관찰했어. 유리병의 뚜껑을 열자 벼룩은 가볍게 튀어 올라 유리병 밖으로 나왔어. 몇 번을 다시 집어넣었지만 결과는 마찬가지였어. 이 실험을 통해 벼룩이 뛰어오를 수 있는 높이는 자기 몸길이의 4백 배라는 것을 알게 되었어.

이번에는 벼룩을 다시 유리병 안에 집어넣고 재빨리 뚜껑으로 입구를 닫아버렸단다. 종전과 마찬가지로 높이 튀어 오르기를 시도하던 벼룩은 계속해서 유리병 뚜껑에 부딪혔어. 매번 튀어오를 때마다 뚜껑에 부딪혀서 '퉁!' 하는 소리를 내면서 말이야. 하지만 몇 번을 그렇게 뛰던 벼룩은 어느 순간 유리병 뚜껑에 몸을 부딪치지 않는 높이까지만 튀어 오르고 있었지.

다음 날, 남자는 유리병 뚜껑을 열어 주었어. 분명히 뚜껑이 없는데도 벼룩은 유리병의 높이만큼만 튀어오를 뿐 유리병 밖으로 나오지를 못 했어. 사흘 후, 일주일 후에도 마찬가지였어. 벼룩은 유리병보다 더 높이 뛸 수 있는 자신의 능력을 잃어버렸던 거야.

이 이야기는 크고 작은 고정관념들이 무한한 잠재의식을 어떻게 사그라지게 만드는지를 보여 주는 하나의 실험이야. 아마 더 낮은 유리병을 사용했다 해도 결과는 마찬가지였을 거야.

컵 속의 벼룩처럼 환경이 바뀌었는데도 불구하고 아직도 유리병 뚜껑에 부딪힐 것이 두려워 높이뛰기를 주저하거나, 더 높이 뛸 수 있다는 사실을 잊고 살아서는 안 돼. 작은 도약에 만족하며 사는 일은 없어야 해.

"마음대로 되지 않으니 내가 별 수 있느냐는 생각을 하게 돼요. 결코 시도를 안 해 본 것은 아니에요."

너는 스스로가 생각하는 것보다 훨씬 큰 잠재력을 가지고 있단다. 한두 번의 시도로 결과가 좋지 않았다고 해서 중간에 포기한 일들이 얼마나 많은지 생각해 보렴. 그것이 반복되다 보면 결국엔 내가 뭘 할 수 있겠느냐는 생각 밖에 할 수 없단다. 더 나아가서는 아예 시도조차 하지 않는 결과가 나올 것은 뻔해.

실패의 법칙에 147/805법칙이라는 것이 있어. 147/805법칙은 에디 슨이 전구를 발명하는 데까지는 147번의 실패를 했고, 라이트 형제가 비행에 성공하기까지는 무려 805번의 실패를 했다는 데서 비롯된 법칙 이야.

즉 성공을 하려면 실패를 밥 먹듯 해야 한다는 것이지. 실패한 사람 의 95%는 실패한 것이 아니라 중도에 포기했기 때문에 실패자가 된 거 야. 어느 날 갑자기 성공한 사람은 한 명도 없단다.

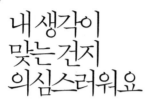

내 생각이
맞는 건지
의심스러워요

· ·

"엄마, 자꾸 짜증이 나요. 결정을 내려야 할 순간에 망설이느라 기회
를 놓치기 일쑤거든요. 잘못되거나 틀리면 어쩌나 싶어 차라리 가만
히 있는 편을 택하게 돼요.
확고한 신념이 부족한 탓일까요? 다른 사람에게 색깔이 없는 사람으
로 보이는 것은 아닐까요? 걱정이 돼 견딜 수가 없어요."

"자신의 주장을 펼치지 못 하는 것은 성격적인 탓도 있겠지만 다른 사람을
의식하는 때문이기도 하단다. 틀린 답을 말하거나, 자신의 주장이 상대방의
기대에 부응하지 못 할 때 그들이 나를 어떻게 생각할까 염려가 되어 망설

이는 것이지.

그러나 생각을 바꾸어야 해. 세상에 똑같은 사람은 단 한 명도 없어. 어떻게 그 많은 사람이 같은 답을 말하고, 같은 생각을 가질 수 있겠어. 그렇기 때문에 당연히 나의 생각은 남과 다를 수 있는 것이지.

긍정적으로 생각하는 버릇을 가져야 해. '제 생각은 이렇습니다, 저라면 이렇게 하겠습니다'라고 자신의 생각을 말할 수 있어야 해."

• •

"미국에 지점을 낼 생각인데 기간이 얼마면 되겠나?"

사장의 질문에 한 부하 직원은 심각한 얼굴로 생각에 잠기더니 이렇게 말했어.

"열흘 정도 걸릴 것 같습니다."

CEO는 또 다른 부하직원을 사장실로 불렀지.

"저는 사흘이면 되겠습니다."

그런데 세 번째 사람은 밝은 표정으로 이렇게 대답했어.

"지금 곧 떠나겠습니다."

"좋아. 자네는 이제 샌프란시스코 지점장일세. 내일 가게."

세 번째 사람의 이름은 줄리어스 메이야. 메이는 훗날 샌프란시스코 최고의 갑부가 된 사람이란다.

똑같은 상황을 놓고 어떤 사람은 부정적인 시각으로 보는 반면, 어떤 사람은 긍정적인 시각으로 바라보기도 해. 이는 단순한 차이 같아 보이지만 엄청난 결과를 가져온단다. 긍정적인 사고를 가진 사람은 항상 좋은 쪽, 되는 쪽으로 생각하기 때문에 자신감도 뛰어나고, 당연히 대인관계도 좋아 인정도 받겠지.

신체적 고민, 가정환경은 우리가 직접 선택할 수는 없어. 그러나 그러한 삶의 조건들을 대하는 태도만큼은 우리가 선택할 수 있단다. 노력하면 얼마든지 긍정적인 사고들로 마음속을 가득 채울 수 있다는 이야기야. 긍정적이고 낙관적인 시각으로 세상을 바라보면 얼굴 표정이 밝아지는 것은 당연한 일이야.

심리학자들의 주장에 의하면 우리의 몸과 마음은 밀접한 연관이 있어 서로 영향을 끼친다고 해. 억지로 밝은 표정을 짓기만 해도, 뇌는 근육의 움직임만으로 실제로 웃을 때와 똑같이 세상을 긍정적이고 낙관적으로 보게 해 준단다. 웃는 표정에는 즐거움과 기쁨을 불러들이는 파동이 있다는 거야.

어떤 사람은 긍정적인 사고를 갖는 방법으로 일주일에 한 개씩 유머를 외워보라고 권하기도 해. 그리고 누구에게 사용할 것인가를 생각하면 신기하게도 그 자체만으로 행복하게 된다는 거야. 우리 가끔 재밌는 생각을 하며 혼자 웃기도 하잖아. 그와 같은 이치지.

난 네가 자주 접하는 연습장을 활용해 보라고 권하고 싶어. 보기만 해도 웃음이 나오는 사진을 붙여놓는 것은 어떨까? 크게 활짝 웃는 사진이면 더욱 좋겠지?

네 기분은 언제나 네가 정하는 거야. 생각만 해도 너를 미소 짓게 하는 일이 무엇일까.

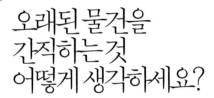

오래된 물건을
간직하는 것
어떻게 생각하세요?

"책꽂이를 가득 메운 저 로봇들 때문에 청소를 아무리 해도 말끔해

지지 않아요. 하지만 로봇들을 치울 수가 없어요. 로봇 하나하나마

다 사연이 있고 추억이 있거든요. 아빠가 사준 것, 이모들이 사준

것……. 그 선물을 받으며 기뻤던 순간을 아직도 잊을 수가 없어요.

그래서 누굴 줄 수조차 없어요.

친구가 준 생일 선물도 그렇고 치워 버릴 수 없는 것들이 많아요. 앞

으로 계속 중요하고 소중한 물건들이 많아질 텐데 그 많은 것들을 전

부 어떻게 간직하죠? 내가 너무나 사소한 것에 마음을 두는 것은 아

닐까요?"

"그 안에 스며있는 추억이 정겨워 버리지 못 하는 것들, 건네 준 사람의 마음이 깃든 작은 선물들, 손때가 묻고 해진 애착이 가는 물건들. 그런 것들은 돈으로 살 수 있는 값비싼 그 어떤 물건보다 소중하단다. 어른이 되면 정말 버릴 수 없는 것들이 뭔지를 알게 된단다."

. . . .

　쇼핑할 물건이 있어 백화점에 들른 어느 날이었단다. 퇴근 후라서 백화점은 무척 북적거렸어. 나는 소지품이 든 커다란 가방과 서류가방을 매니저에게 맡기고 사고자 하는 물건을 골랐단다. 그리고 계산을 하려고 했어.

　그런데 저만큼 안에 있어야 할 나의 가방이 보이지 않는 거야. 누군가 가져가버렸는지 찾을 수가 없었단다. 다행히 서류가방은 제자리에 있어서 그나마 안도의 한숨을 쉴 수 있었어. 그 당시에는 '서류가방이 없어지지 않았으니 다행이야. 다른 것들이야 다시 마련하면 되지'라고만 생각했었단다. 하지만 이제 와 그때 생각을 하면 지금도 안타깝고 속이 아리단다.

　매니저는 잃어버린 것들의 목록을 적어달라고 했어. 목록을 적는 내 자신도 놀랄 정도로 그 가방 안에는 커다란 종이 한 면을 채울 정도의 많은 물건들이 들어 있었단다. 지갑, 수첩, 카메라, MP3, 휴대전화, 긴팔 블라우스, USB, 메모 공책 등등.

그 모든 것이 한순간에 사라지고 말았으니 실망스러운 마음이야 이루 말할 수 없었지만 물질적인 것에 마음을 담지 말자고 스스로를 위로했지. 그러나 시간이 흐르면서 돈으로 환산할 수 없는 귀중한 물건들이 하나 둘 떠오르기 시작했어. 나는 소중한 것들을 지갑이나 수첩에 담아 다니는 버릇이 있었는데 그날 잃어버린 물건 중에는 가장 소중하게 여기는 두 가지가 있었단다. 돌아가신 내 아버지의 사진과 어버이날 때 받은 너의 편지가 그것이었어.

나의 아버지는 너무도 일찍 세상을 뜨신 탓에 변변한 사진이라고는 두세 장이 전부였는데, 그 중 돌아가실 무렵의 사진 한 장을 항상 지갑 속에 넣고 다녔었거든. 그 모습을 머릿속으로만 기억해야 한다니 얼마나 서글펐던지 한참을 울었단다.

또 하나는 어버이날에 네가 써 준 편지였단다. 매년 어버이날이면 너의 편지를 받았는데 그 중에 엄마를 울게 만드는 편지가 있었단다. 그저 어리다고만 생각했던 네가 가족의 힘들고 어려웠던 부분을 공감하며 썼던 편지. 가족이 힘들 땐 너도 같이 울었다고 했어. 눈물을 보일까봐 컴퓨터 앞에서 게임을 하는 척 몰래 울었다고 했을 때 엄마 마음이 얼마나 아팠는지 모른단다. 너는 편지 끝에 이렇게도 썼더구나.

"제가 어른이 되어 맨 처음 월급을 타면 아빠에게는 근사한 양복을, 엄마에게는 제일 좋은 만년필을 사드릴 거예요. 의욕만땅 아들 올림."

소중한 너의 편지를 잃어버린 엄마는 그날 백화점의 화장실, 인근 음습한 지역, 천변 등을 헤매며 가방이 버려져 있기를 바랐단다. 나에 겐 소중하지만 가방을 가져간 사람에게는 쓸모없는 것들이 많았을 테 니 말이야. 하지만 아무것도 찾을 수가 없었단다.

이처럼 중요한 것은 값나가는 물건이 아니라 마음이 담긴 한 장의 편 지, 세월을 거스를 수 없는 사진 한 장이란다. 색이 바랜 사진 한 장, 눌러 쓴 글씨가 아직도 선명한 편지 한 장은 나만의 보물이었다는 생각 이 들어, 그 후로도 오랫동안 허전함을 어쩌지 못 했던 기억이 난다.

우리 집 옷장 서랍에는 네가 태어나서 처음 입었던 옷, 배냇저고리 가 보관되어 있어. 손바닥만 한 저고리는 너의 온 몸을 싸고도 남았었 지. 그 저고리는 지금도 세상에서 가장 환한 웃음을 엄마에게 선물한 단다. 여러 번 이사하면서 무수히 많은 옷들을 버렸지만 결코 버릴 수 없는 것들이 그런 거야. 그래서 때로는 버리지 못 하는 것들이 모여 자 리를 차지하는 일도 생기지만 너에 관한 것이라면 그 어떤 것도 버릴 수가 없단다.

인생에서 우리가 버릴 수 없는 것은 이렇듯 추억이 어린 하찮고 사소한 것들이야. 손때 묻은 물건들이 값비싼 그 어떤 것보다도 소중할 수 있는 것이지. 보관할 수 있을 때까지 보관하며 소중한 마음을 느껴보는 것도 인생의 작은 열정이자 희열이란다.

네번째 편지묶음

포기하고픈 마음을
추스르려는 너에게

아무리 힘든 경우라도

포기의 문제가 아닌

선택의 문제로 대하기를.

그렇게 마음을 다스린다면

신중한 행동을 하는 데 도움이 된단다.

왜 이렇게
남의 충고를
받아들이기가 힘들죠?

"엄마, 우연히 어릴 적의 사진들을 보게 되었는데 수줍어하며 웃고

있는 내 모습이 천진난만해 보였어요. 그리고 바로 거울을 들여다보

았는데, 거울 속 나는 잔뜩 찡그리고 있더라고요.

잘 웃던 아이는 어디로 사라지고 없었고, 그때의 나와 지금의 나는

낮과 밤처럼 다르더라고요. 그래서 속상한 마음에 친구에게 사진을

보여 주었는데 돌아온 말은, 찡그린 지금의 그 얼굴을 내가 만든 거

라는 말이었어요. 난 그런 충고가 필요한 게 아니었단 말이에요. 서

운한 마음에 한 대 때려주고 싶었어요."

"사진은 과거의 너이고 거울은 현재의 너야. 아이 때 네가 어땠는지 생각해 보면, 너는 항상 작은 것에도 감동하면서 행복해 했고, 사랑 속에서 크게 소리 내어 웃는 예쁜 아이였단다. 넌 언제나 우리에게 소중하고 특별한 아이였고, 너 또한 그것을 알고 있었지.

지금도 달라진 것은 아무것도 없어. 여전히 너는 우리에게 특별하고 소중하며 네가 곁에 있다는 것만으로도 행복을 주는 아이란다. 다만 네가 그것을 잊고 있을 뿐이야. 어려서는 삶 자체를 놀이로 받아들였던 너지만, 이제 삶을 의무로 여기기 때문에 힘이 든 거란다. 어떤 길도 자세를 낮추어 보면 더 크고 넓어 보이는 법이야."

• •

바다를 무척 동경했던 남자가 있었단다. 해군사관학교에 가려 했었지만 급격하게 나빠진 시력 때문에 꿈을 접어야 했어. 그가 다시 품은 꿈은 영화배우가 되겠다는 거였어. 꿈을 이루기 위해 한양대 연극영화과에 합격했지만 가난 때문에 등록을 포기해야만 했지. 그 다음 그가 기댄 곳은 충무로였단다. 길거리 캐스팅으로 배우가 되었다는 사람들의 이야기가 심심찮게 잡지에 실리던 터라, 충무로의 다방에 하루 종일 죽치고 앉아 우연히 캐스팅 되기만을 기다렸던 거지.

한동안 허망한 꿈을 좇아 방황하던 그 사람은 어떤 사람의 도움으로 드라마센터에 들어가게 되었어. 그는 연극부터 배우는 것이 영화배우가 되는 우회로라고 생각했어. 하지만 그런 그의 생각은 어느 극작가에 의해 무참히 깨지고 말았단다.

"먼저 인간이 되라"

'먼저 인간이 되라'는 극작가의 뼈있는 말은 그의 가슴을 울렸어. 돈과 명예를 좇아 배우가 되겠다는 생각을 가지고 있던 그에게 인간이 되라는 말은 지난 방황에 대한 비난의 말이기도 했지. 그리고 동시에 미래에 대한 진지한 성찰을 하게 만든 뼈있는 충고이기도 했단다.

이 이야기는 연극배우로만 10여 년을 훌쩍 보낸 뒤 영화 〈만다라〉에 출연했던 연극배우 전무송 씨의 이야기야. 사람들은 흔히 전무송 씨를 지적인 연극배우라고 부른단다.

누군가 너에게 '먼저 인간이 되라'고 한다면 어떤 반응을 보일까? 그것도 너를 잘 아는 사람이 그렇게 말한다면?

진심어린 충고를 받아들이는 태도는 곧 그 사람의 그릇의 크기라고 생각해.

"그런 소리를 듣고 태연할 사람이 있겠어요?"

물론 처음엔 인정하기 힘들겠지. 미치도록 화가 나고, 충고를 해 준 사람과 다시는 얼굴을 마주하지 않겠다는 다짐도 하겠지. 그러나 충고를 분노나 외면으로 해결하려 한다면 그 사람은 언제나 그 자리에 머물 수밖에 없어.

용기 있는 자라면 냉정하게 자신과 마주해야 해. 삶이란 네가 펼쳐 놓은 길이야. 자신의 길을 따라 가느라 넓게 볼 여유가 없기도 해. 그러나 곁에서 보면 제대로 길을 가고 있는지 잘 보이거든.

네가 가고 있는 길이 바른 길이 아니라고 말해 주는 누군가가 있다면 그건 행운이야. 아무에게나 충고를 하는 사람은 없으니까.

연극배우 전무송 씨가 몇 십 년이 흐른 지금에도, 그때 그 충고로 인해 지금의 자신이 있다고 생각하는 것을 보면 그 충고를 어떻게 받아들이고 행동했을지 충분히 짐작이 가지 않니?

돈이 그렇게
중요해요?

"엄마, 삶의 만족은 어디에서 찾지요?

아무리 훌륭한 사람이라 하더라도 가난하다면 그 삶에 무슨 의미가

있어요? 남들보다 뛰어나다 해도, 돈이 없어 인정받지 못 한다면 진

정 성공한 삶이라 할 수 없는 게 아닐까요?

사람들은 입으로는 돈이 전부가 아니라고 말하지만, TV나 신문에 나

타난 세상 모습은 돈이면 다된다는 논리를 세뇌시키고 있어요."

"돈이 하나도 없어서, 당장 하고 싶은 여행 한 번 못 하는 사람이 돈이 인생

의 전부가 아니라고 말한다면 과연 그 말이 진심일까?

돈이 행복을 위한 중요한 수단인 것은 분명하단다. 그러나 세상엔 돈에 가치를 두지 않는 사람이 훨씬 많아. 그런 사람들은 보이지 않는 곳에서, 가진 것을 여러 사람과 나누어 쓰고 있어.

돈이 많은 사람은 돈을, 마음이 여유로운 사람은 사랑을 나누며 세상은 그렇게 어울려 살아가는 곳이란다."

• •

"당신은 무슨 재미로 사십니까?"

"사는 게 재미가 있냐고요? 재미가 있다기보다는, 뭐 그저 그래요."

성인남녀 10명 중 5명은 인생의 재미에 대해 '그저 그렇다'고 생각한다는 통계가 있었어. 우리의 청소년들에게 이 대답이 어떤 의미로 해석이 될지 걱정이 되더구나. 열심히 살아라, 인생을 즐겨라, 네가 바뀌면 세상이 바뀐다, 인생은 너 하기 나름이다 등 셀 수 없는 청사진을 펼쳐 주는 어른들이 막상 스스로의 인생을 그저 그렇다고 여긴다는 것은 어이없는 일이란 생각이 들었어.

인생이 '재미있다'고 대답한 응답자는 35.2%였고, '아주 재미있다'고 한 응답자는 2.5%에 불과했단다. 그리고 재미를 느낀다고 대답한 주요 단어는 아이 · 여행 · 돈 · 타인으로부터 받는 인정 · 일 순이었어.

대부분의 부모들에게는 이렇듯 아낌없는 사랑을 줄 수 있는 자녀들이 인생의 가장 큰 의미란다. 자녀들이 사랑한다고 말해 주는 것에 감사하고, 무럭무럭 자라는 것을 지켜보는 재미가 가장 크다고 대답했어. 너희들이 존재한다는 것만으로도 부모들은 행복하기만 하단다.

또, '인생을 재미없게 만드는 것'을 묻는 질문에는 많은 응답자가 부족한 통장잔고'라고 응답했단다. 금전적인 안정이 가정과 개인, 그리고 사회생활에 안정을 가져다 줄 수 있다는 이야기이기도 해. 돈이란 지나쳐서도 안 되지만 부족해서도 안 되는 것이란다.

인생을 재미있게, 추구하는 바를 행동으로 옮기며 살려면 경제적으로 자유로울 수 있어야 해. 최초의 자유로운 현대여성이라 일컫는 루 살로메는 이렇게 말했어.

"자유로운 여성이란 자신의 삶을 선택하는 능력이 있는 여성이다."

그러나 자유롭게 자신의 삶은 먼저 경제적으로 독립이 되지 않고서는 꿈꿀 수 없는 거야. 흔히 진정한 자유는 삶의 수준, 즉, 경제적 자유로부터 출발한다는 말을 해. 그러나 별다른 생각 없이 하루하루를 살아간다면 삶의 수준을 변화시키는 일은 쉬운 일이 아니야. 옛날에는 좋은 학교를 나오면 좋은 직장에 들어갈 수 있었고, 직장에서 열심히 일하는 것만으로 충분했어. 직장이 든든한 배경이 되어 주었던 것이지. 그러나 지금의 세상은 달라졌어. 이제는 괜찮은 직장에 몸을 담고 있던 그렇지 않던 누구나 뚜렷한 계획을 가지고 살아가지 않으면 안 돼. 나이가 어릴 때는 경제적 자립에 대해 그다지 크게 생각하지는 않아. 그러나 무엇을 언제까지 성취할 것인지, 그리고 그것을 통해서 경제적으로 어떤 상황을 만들어 갈 것인지 뚜렷한 목표를 만들어야 해.

'왜 돈이 필요한가?'

'적은 돈이라도 어떻게 관리해야 하는가?'

청소년 때부터 돈에 대한 가치를 생각하고 그에 따른 경제관념을 갖는다면 어른이 되어 당신은 무슨 재미로 사느냐고 물었을 때 '그저 그렇게 산다'는 슬픈 대답은 하지 않을 거야. 그러니까 '어떻게 경제적 자유를 얻을 것인가?'라는 문제를 신중하게 생각해 보는 시간을 가졌으면 해.

내일 시험도
망칠까봐
공부가 손에 안 잡혀요

"엄마, 첫날 시험이 끝났어요. 너무 어려웠어요. 내가 공부하지 않은
곳에서 나왔지 뭐예요. 아무리 읽어봐도 모르겠고, 머리는 아프고,
그 순간은 어떤 생각도 할 수가 없었어요. 솔직히 얘기하면, 빨리 시
험시간이 끝났으면, 하고 생각했어요. 아는 문제조차 틀린 걸요. 아
쉽기도 하고, 화가 나기도 해요. 틀린 문제들이 머릿속에서 영 떠나
지를 않아요. 한 번만 더 살펴봤어도……

그런데 엄마는 왜 점수를 묻지 않았어요? 몇 개나 틀렸는지 궁금했을
텐데. 좋은 점수를 받아 기쁘게 해 주고 싶었던 내 마음을 아신 거예
요? 내일도 세 과목 시험인데 오늘처럼 망칠까봐 걱정이에요."

"시험을 망쳤다는 너의 한숨 섞인 목소리를 듣고, 엄마는 오후 내내 마음이 아팠단다. 좋은 성적으로 우리를 기쁘게 해 주고 싶어 하는 너의 마음을 알기에. 그 마음으로 최선을 다했을 너를 생각하면 안타까워. 그러나 틀린 문제는 두 번 다시 생각하지 말아야 해.

되도록 빨리 잊어야 한단다. 훌훌 털어버렸으면 좋겠어."

• •

어느 작은 산골 마을에 초등학교 2학년 말라깽이 여자 아이가 있었단다.

단발머리의 이 아이는 키가 작고, 얼굴이 까만 데다 아주 빼빼 말라 큰 눈이 도드라져 보였단다. 그 마을엔 유독 또래 아이들이 많았는데 농번기나 가을 추수기가 되면 남자 아이들은 논밭에 나가 부모님의 일을 도왔고, 여자 아이들은 집에서 엄마 일을 대신해야 했어. 일을 돕는 데는 여자 남자 구분이 없었던 셈이지. 말라깽이 여자 아이는 맏이여서, 주로 어린 동생들을 돌보았단다.

그런데 어느 날, 상급생 언니 오빠들이 나무를 하러 뒷산으로 가는 것을 본 아이는 아침에 아버지가 어머니에게 하던 말을 떠올렸어.

"나무를 해 와야 하는데 바빠서 큰일이네. 일을 미룰 수도 없고 말이야."

그래서 아이는 언니 오빠들에게 자기도 산에 데려가 달라고 했어.

"넌 어려서 안 돼."

"신경 쓰이게 하지 않을게. 조용히 따라다니기만 할 거야. 약속해."

상급생 언니 오빠들은 신경 쓰이게 하지 않는다는 다짐을 받고 아이를 데리고 갔단다. 그러나 험악하고 비탈진 산에서 나무를 한다는 것은 아홉 살 여자 아이에게 쉬운 일이 아니었어.

"마른 가지를 꺾어. 그리고 잘 모아서 이렇게 묶는 거야."

아이는 자신의 키보다 큰 나뭇가지들을 잘라 모았어. 어느 새 덩이가 커지는 것을 보고 좋아했지. 그렇게 신나게 나무를 하다가 문득 주위를 둘러보니 아무도 없었어.

"나 여기 있어. 언니~ 오빠아~ 나 데리고 가란 말이야아~"

아무리 불러도 대답이 없었단다. 무서워진 아이는 울면서 길을 찾았지만 온통 거대한 나무와 바위 뿐 길은 어디에도 없었어. 그렇게 한참을 울며 헤맨 끝에 마을로 난 길을 찾을 수 있었지. 하지만 그 경황 중에도 나무는 끝까지 버리지 않았단다. 눈물로 얼룩이 진 아이는 자랑스럽게 나무를 끌며 집으로 돌아왔고 아빠 엄마를 보자 또다시 소리 내어 엉엉 울고 말았어.

그 눈만 큰 여자 아이가 누구인지 알겠니? 그 아이는 바로 엄마란다.

엄마는 생각해. 아홉 살 때의 나처럼, 모든 아이들은 부모를 기쁘게 해 주고 싶어 하는 마음을 가지고 있다고. 그래서 마음대로 되지 않았을 때는 의기소침해 하고 스스로를 책망하는 거야. 더러는 화를 내는 방법으로 미안한 마음을 표출도 하는 것이지.

좋은 성적을 내서 우리를 기쁘게 해 주고 싶어 하는 너의 마음을 알고 있기에, 감히 엄마는 왜 그것밖에 못 하느냐는 말을 할 수 없단다. 오히려 시험을 망쳤다고 속상해 하는 네가 무척 안쓰럽고 안타까울 뿐이야. 물론 엄마도 보통의 엄마처럼 네가 몇 개나 틀렸을까, 몇 점을 받았을까 무척 궁금하긴 하단다.

그러나 중요한 것은 지나간 성적을 가지고 왈가왈부하는 것이 아니라는 거야. 어서 빨리 아쉬운 기분을 떨쳐버리고 다음 시험을 준비하는 것이 현명하다고 생각해. 나도 때로는 네가 다른 아이들처럼 단과 학원도 다니고 과외도 했으면, 하고 생각할 때가 있단다. 아무래도 혼자 하는 것보다는 공부의 방향이나 정보 면에서 도움이 되지 않을까 싶었지만 그건 순전히 내 마음 편하자는 것인지도 모른다는 생각이 들었어. 이제 너의 결정을 믿기로 했단다.

오늘 시험에 대한 부담은 빨리 떨쳐버려야 해. 틀린 문제를 생각하고 분석하는 것은 오히려 해로울 뿐이야. 나쁜 일일수록 빨리 잊어야 해. 2006년 예일대의 심리학 교수인 수전 놀런이 이런 상황을 실험한 결과가 있어. 실험은 약간의 우울증이 있는 대학생들을 두 집단으로 나누어, 한 집단은 8분간 자신에 대해 생각하게 하고, 다른 집단은 8분간 하늘을 떠가는 구름을 생각하게 했어. 그 결과 자신에 대하여 생각한 집단은 더 우울해진 반면, 구름을 생각한 집단은 기분이 나아졌다는 결론이었어.

기분이 우울하거나, 일이 잘 안 풀릴 때 과거를 회상하거나 분석하는 것은 상황을 더 악화시키는 결과만 낳을 뿐이야. 잘못된 것, 유쾌하지 못한 오늘의 결과를 돌이키기보다는 다 잊어버리고 내일을 위한 준비를 하는 것이 정신건강에도 좋겠지?

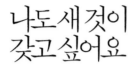

나도 새 것이
갖고 싶어요

· ·

"엄마, 휴대전화를 바꾸고 싶어요.

어제 새로 산 친구 것을 보니까 기능이 훨씬 많아지고 디자인도 환상

적이에요. 내 휴대전화는 낡고 구식이라서 볼품이 없어요. 더 사용해

야 하는 줄은 알지만 자꾸만 그것에 눈이 가요.

지난 번 MP3를 새것으로 산 뒤 내가 가진 다른 오래된 물건들이 더

초라하게 보여요. 하지만 참아야겠죠?"

"더 좋은…,

더 많이…,

더 자주…,

네 안의 욕구들은 잠시도 너를 가만두지 않을 거야. 하지만 하나의 욕구가

해결된다고 해서 거기서 끝나지는 않는단다.

지금의 휴대전화를 처음 가졌을 때를 생각해 봐. 그 기쁨이 얼마나 컸었는

지. 새로운 것은 잠깐 기쁨을 주겠지만, 일정한 시간이 흐르면 또 새로운 것

에 눈이 갈 거야. 너의 손때가 묻은 물건들에 애착을 가졌으면 해."

• •

현대인의 소비 형태를 설명해 주는데 도움이 되는 이론으로 '디드로

효과'가 있어. '디드로 효과'라는 말은 18C 프랑스의 계몽사상가인 드

니 디드로가 쓴 「나의 옛 실내복과 헤어진 것에 대한 유감」이라는 에세

이에서 유래되었어.

에세이는 디드로가 그의 서재에서 우울하게 앉아 있는 것으로 시작

한단다. 사람과 물건들로 혼잡했던 초라한 예전의 서재는 이제 우아하

고, 질서정연하고, 아름답게 꾸며져있지만 오히려 딱딱한 기분이 들

면서 우울해지기까지 했어. 디드로는 이러한 감정 변화의 원인이 그의

새 실내복에 있지 않을까 생각했단다.

변화는 사실, 단계적으로 일어났어. 처음 시작은 디드로가 친구로부

터 받은 진홍빛 실내복이 도착하면서부터야. 새로운 물건에 기쁨을 느낀 디드로는 다 헤지고 시시하긴 하지만, 편안했던 옛 실내복을 버리고 말았단다. 새 실내복을 입고 나니, 책상이 보통 것보다 초라하다고 생각하기 시작했고, 결국 책상을 바꾸었어. 그러자 서재 벽에 걸린 태피스트리도 초라한 것처럼 보여 그것도 바꾸었어. 이번에는 책장이 어울리지 않아 책장을 새것으로 바꾸고 점차적으로 의자, 판화, 시계까지 새것으로 모두 바꾸어 버렸어. 급기야는 서재 전체를 바꾸게 된 거야. 그동안의 친숙하고 편안했던 서재가 아닌 다른 곳에 있는 느낌은 딱딱하기만 했지. 결국 서재에서 바뀌지 않은 것은 방주인인 디드로 자신 밖에 없다는 것을 깨달았어. 방주인인 자신이 오히려 이방인이 되어 우울했다는 결론이야. 디드로는 초라했지만 익숙하고 아늑했던 옛 서재가 그리웠던 거야.

상품이 의식을 지배하게 됨으로써 소비가 소비를 부른다는 디드로 이론은 꼭 필요해서가 아니라 심리적 욕구에 좌우되다 보면 자연히 비싼 것, 흔치 않은 것으로 자신을 드러내고 남과 구분하려는 과시적 소비가 생겨난다는 거야.

"갖고 싶은 것을 갖게 되면 학업에 대한 스트레스가 조금은 사라져요."

지나친 소비가 아니라면 의욕을 북돋우어 열심히 공부할 수 있는 기분 좋은 계기가 되겠지. 하지만 최고로 좋은 것이어야 하고, 무조건 새로 나온 것을 가져야 한다면 문제가 있다는 거야. 부족한 무엇인가를 물건으로 메우려 한다는 느낌이 들지 않을까?

「마시멜로 이야기」라는 책이 전하는 메시지를 보면, 돈을 저축하는 것 말고도 자신의 욕망, 만족, 쾌락, 게으름 등등 유혹받을 수 있는 모든 것을 저축해야 한다고 말하더구나. 그리고 열정과 실천, 적극적인 사고와 의지 등은 끊임없이 인출해서 효과적으로 쓰는 사람이 성공한다고 말이야.

어때, 되짚어볼 만한 내용이지?

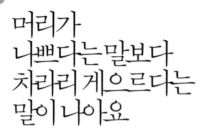

머리가
나쁘다는말보다
차라리 게으르다는
말이 나아요

"사실은 공부를 열심히 했지만, 만족스럽지 못한 결과를 받게 되면 핑계거리부터 찾게 돼요. 어제 잠을 못 자서 집중이 안 되었다, 시험 보면서 졸았다, 책을 한 번밖에 못 읽어봤다, 내가 공부한 데서는 하나도 안 나오더라 등등.

물론 사실이기도 하지만 핑계인 것도 분명해요. 잠을 설쳐가며 공부해도 결과가 안 좋을 땐 차라리 다른 핑계거리를 찾고 싶어요. 머리가 나쁘다는 말보다는 차라리 게으르다는 소리를 듣는 편이 훨씬 낫지 않을까요?"

"게으르다는 말이 머리가 나쁘다는 말보다는 자존심이 덜 상할 수도 있지. 열심히 공부하고도 결과가 좋지 않다면 주위의 눈도 의식이 될 거야. 아무리 자아가 강한 사람이라 하더라도 다른 사람이 자신을 평가하는 말에는 신경이 쓰이게 마련이거든.

하지만 핑계거리를 찾느니 솔직해지는 게 낫지 않을까? 최선을 다했으니 만족하자, 다음엔 더 열심히 하자, 이런 생각이 너를 한걸음 더 성숙한 사람으로 만들 거야."

• •

직장 동료들과 극장에 갔을 때의 일이야. 유명한 영화여서 그랬는지 극장 안은 빈자리가 없을 정도로 복잡했어. 지정된 좌석번호를 찾았는데 여학생 둘이서 우리 자리를 차지하고 있었어. 여학생들은 재빨리 몇 자리 건너로 이동해 주었어. 난 여학생 옆 좌석에 앉게 되었는데 너와 비슷한 또래여서인지 자꾸 눈이 갔어.

내가 물었어.

"보충수업이 없나 봐요?"

"네…… 지금은 시험기간이에요."

시험기간인데 영화를 보러오다니, 제대로 된 학생들이라면 빨리 집에 가서 시험 준비를 해야 되는 것 아닌가? 하지만 놀란 기색을 감추고 물었어.

"영화는 시험 끝나고 봐도 되지 않아요?"

"일부러 영화 보러 온 거예요."

"그럼, 시험공부는 벌써 다 해 놓았나 봐요?"

"아니오. 하나도 안 했어요. 그냥 찍을 거예요."

또 다른 여학생이 웃으며 거들었어.

"우리가 영화 보러 온 것 친구들이 다 알아요."

영화가 시작이 되었지만 아이들은 몰입하지는 못 하는 것 같았어. 난 여학생들의 마음을 이렇게 이해했어. 좋지 않은 성적에 대한 죄책감에서 빠져나갈 구실을 미리 만들어두는 것이라고.

시험 전날 영화를 보았다는 사실은 시험에 대한 준비가 소홀할 수밖에 없었다는 훌륭한 증거가 되는 것이지. 그러니 시험 성적이 나쁘다 해도, 핑계거리를 확보해 둔 셈이니 적어도 머리가 나쁘다는 소리를 듣지는 않겠지. 결과적으로 머리는 좋은데 준비를 하지 않아서 성적이 나빴을 뿐이라는 인상을 친구들에 줄 수 있기 때문에 그러한 행동을 한 것은 아닐까?

그런데 만약 시험기간에 영화를 보았음에도 불구하고 성적이 좋게 나온다면 어떻게 될까?

'공부도 하지 않았는데 성적이 저렇게 좋다니, 진짜 저 애는 천재인 가보다.'

'영화를 보면서 놀았는데도 저 성적이라니, 정말 대단한 아이야.'

친구들은 이렇게 얘기하며 보통 때보다 더 높은 평가와 칭찬을 하게 되겠지. 하지만 아주 소수의 학생들만이 이러한 심리로 핑계거리를 찾을 거야. 미리 준비 다 해 놓고 여유를 가지는 학생들도 있을 테니까. 어쩌면 정말 걱정이 되어 그 순간을 외면하고 싶어 할 수도 있겠지.

어느 경우든 이러한 행동을 좋다, 나쁘다 평가할 수는 없다고 생각해. 시험에 대한 압박이 얼마나 컸기에 이럴까 싶어. 하지만 공부할 시기에 열심히 공부하고 스트레스를 푸는 자신만의 방법을 터득한다면, 결과를 두고 오래도록 자신을 책망하는 일은 없을 텐데. 공부하지 않았다는 핑계를 마련하기 위해 영화를 보러 온 학생들을 보며, 그 마음은 또 얼마나 옳지 않은 일을 하고 있다는 생각으로 착잡하고 불안할까 애석하기만 했단다.

그날 학생들은 영화가 시작되고 채 10분도 되지 않아 자리를 뜨더구나. 한 친구가 조르는 소리가 들렸어.

"안 되겠어. 나가자. 우리 엄마 알면 난 초주검이야."

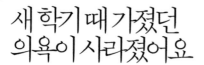

새 학기 때 가졌던
의욕이 사라졌어요

"엄마, 새 학기 때 가졌던 의욕은 온 데 간 데 없어지고 난 다시 나태해

져 버렸어요. 시간 도둑을 잡아보겠다던 결심은 작심삼일이 되고 말았

네요. 가능할 것 같은 일들이 실천에 옮겨지지 않는 이유는 뭘까요?

여자 친구를 사귀는 것도 아니고, 게임에 빠진 것도 아니고, 이렇다

할 다른 생각도 하는 게 아닌데 초조하기만 한 이유는 뭐죠?

내게 계획은 그저 계획일 뿐일까요?"

"새 학년이 시작되면, 너희들의 마음은 다짐으로 가득하지. 성적을 올리겠

다는 결심, 바르지 못 한 생활습관을 고쳐보겠다는 결심, 그 외 새로운 결심

들을 하지만 실행에 옮기기는 누구에게나 쉬운 일이 아니야. 결심했다는 자체부터가 쉬운 일이 아니라는 증거이기도 하잖니?

성공의 핵심은 반드시 해야 할 일과 하지 말아야 할 일을 분별하는 것이란다. 자기에게 적합한 목표를 제대로 고르고 확실하게 노력을 기울인다면 이루지 못 할 것이 없어. 자신의 인생을 귀하게 여기는 사람은 하루가 아까운 줄을 알고, 하루가 아까운 줄을 알면 짧은 시간도 허투루 쓸 수가 없지."

• •

프랑스의 박물학자인 뷔퐁이 자신의 저작활동을 회고하며 한 이야기가 있어. 젊은 시절, 그는 많은 사람이 그렇듯 잠자기를 매우 좋아해 시간을 헛되이 보냈다고 해. 어느 날부터인가 그래서는 안 되겠다 싶어 하인 조세프에게 도움을 청했어.

"아침 6시에 나를 깨워주면 그때마다 은화 한 닢씩을 줄 테니, 날 깨워다오."

다음 날 아침 하인은 약속대로 뷔퐁을 깨우려 했지만 은화 한 닢은 고사하고 불평만 잔뜩 들어야 했어. 그 다음 날에도 깨워보려 노력했지만 뷔퐁은 일어나질 않았어. 점심때가 되어 일어난 뷔퐁은 또 시간을 쓸데없이 보내버렸다고 뼈저리게 후회를 했어.

뷔퐁은 하인에게 거듭 부탁했어.

"자네는 명령받은 일을 지키지 않은 것 같네. 내가 투덜거리더라도 신경 쓰지 말고 시킨 대로 해 주게."

다음 날, 하인은 모든 수단을 동원해 그를 깨웠어. 그럴 때마다 그는 화를 냈어.

"부탁이야 참아 줘."

"아이, 내버려 두라니까."

그래도 하인 조세프는 열심히 깨워주었고, 뷔퐁이 일어날 때 퍼부어 대는 욕을 기꺼이 들어 준 뒤에는 감사의 말과 은화를 받을 수 있었어. 그는 저서 중 일부는 그런 수고를 해 준 하인 조세프 덕분에 완성할 수 있었다고 회고했어.

뛰어난 인물 중에는 아침에 일찍 일어나는 사람이 많아. 세계 최고의 부자인 빌 게이츠가 그렇고 제너럴 일렉트릭사의 회장이었던 잭 웰치 회장도 그렇고, 현대의 고 정주영 회장, 신원의 박성철 회장, 다음 커뮤니케이션의 석종훈 대표, 대우조선해양 남상태 회장, KT의 남중수 사장 등 셀 수 없을 정도의 사람들이 새벽시간을 활용하고 있어. 남들보다 더 많은 시간을 활용하는 것이지.

대한상공회의소의 조사에 따르면 새벽에 일어나는 한국의 최고경영자의 경우, 그들의 기상시간은 대부분 오전 5~6시였고, 70%가량이 오전 6시 이전에 일어나는 것으로 나타났어. 세상에서 가장 공평한 것이 시간이라고 말해. 하루 24시간 누구에게나 똑같이 주어져 있다는 점에서 공평하다고 하지만, 실제 어떤 주인을 만나느냐에 따라 24시간이 48시간이 되기도 하고, 24시간이 17~18시간이 될 수도 있단다.

아침 일찍 일어나는 것은 시간을 그만큼 더 활용할 수 있고, 여유를 가지고 아침을 시작하기 때문에 언제나 자신감이 넘칠 수밖에 없어. 또 긍정적인 시각으로 사람들을 대하기 때문에 좋은 이미지를 심어줄 수 있단다. 그러나 일찍 일어나는 것을 의무감으로 생각한다면, 불쾌한 마음으로 하루를 시작할 것이고, 불쾌한 마음은 하루 종일 이어질 거야. 결국 불쾌한 생각은 거기에서 끝나지 않고 우리의 몸까지 지배하게 만들어 현실에서 도피할 방법만을 찾게 할 거야. 아침시간을 늘리는 것 말고도 자투리 시간, 틈새시간을 활용하는 것도 시간을 허투루 보내지 않는 방법이란다.

중요한 것은 너의 마음이야. 생각을 실천으로 옮기는 결단력이 필요해. 하루하루 어떻게 너의 삶을 만들어가고 있는지를 살펴봐. 하루하루를 너의 마음에 꼭 들 수 있을 만큼 시간을 활용할 수 있어야 해. 네가 정한 궤도를 따라 끈기 있게 꾸준히 나아가는 것. 해답은 거기에 있단다.

책읽기 자체를
즐기고 싶어요

. . . .

"오늘은 엄마가 주신 스펜서 존슨의 「선물」을 읽었어요. 목이 말라 허겁지겁 물을 마시듯 단숨에 읽어버렸네요. 책을 읽느라 시간이 훌쩍 지나 숙제를 못 했지만 영혼이 살찌는 소리를 들을 수 있었어요.

엄마, 난 독서 그 자체를 즐기고 싶어요. 지금은 책 읽는 즐거움을 만끽하지 못 하고 있잖아요. 마음 놓고 책을 읽지도 못 하는 현실이 싫어요. 고등학생이 꼭 읽어야 할 책들이란 하나 같이 딱딱하고 어려운 것들 뿐이고, 나를 위한 독서가 아닌 논술을 위한 독서를 해야 하는 것도 싫어요."

"독서도 습관이 되어야 해. 해야 할 공부가 많겠지만 자투리 시간을 이용해 독서를 하는 것도 좋아. 하루에 30분씩 시간을 낸다든지, 하루 몇 쪽을 읽기로 한다든지 정하는 것이지.

또한 다양한 분야의 책을 읽는 것이 좋아. 독서는 너를 수천 년 전의 과거로 안내하기도 하고, 또 미래의 세계로 인도하기도 하며, 공간과 시간을 무한정으로 확대하여 대리경험을 시켜주어 그만큼 생각의 폭을 넓혀주는 것이란다."

· ·

K씨의 작업실엔 시선을 끌만한 것이 아무것도 없단다. 값나가는 물건이라든지, 반듯한 장식품 하나 진열되어있지 않으니까. 하지만 책에 조금이라도 관심 있는 사람이라면 세 개의 벽면을 가득 채운 엄청난 양에 감탄사를 연발할 거야. 마치 수십만 개의 글자로 된 벽지를 보는 느낌이 들 정도란다. 더욱이 그 많은 책이 그가 한 권 한 권 읽은 손때 가득한 책인 것을 알고 나면 놀라움은 배가 되지.

그가 독서광이 된 데는 이유가 있다고 해.

"지금의 나를 있게 만든 것은 책이에요. 책은 내 인생의 나침반이었어요."

힘들어 지칠 때마다 또는 인생의 갈림길에서 고민할 때마다 새로운 힘을 낼 수 있도록, 그리고 올바른 선택을 할 수 있도록 도와주었다고 해. 책이 그에게 친구가 되어준 셈이지. 성공한 사람들에게는 시련을 견뎌냈다는 것 말고 또 하나의 공통점이 있어. 하나같이 책을 즐겨 읽었다는 거야.

"나는 아침에 일어나 사무실에 나가면 자리에 앉아 책을 읽기 시작한다. 읽은 다음에는 여덟 시간 통화하고, 읽을거리를 가지고 집으로 돌아와 저녁에 또 읽는다. 나는 다른 사람의 평균보다 다섯 배 정도 더 읽는 것 같다."

워렌 버핏의 말이야. 정보 싸움이 곧 투자의 성공인 주식시장에서 자신이 '미다스의 손'으로 불릴 수 있었던 것은 바로 이같이 지독한 독서습관을 지니고 있었기 때문이라고 말하고 있어.

빌 게이츠 역시 자신이 성공한 이유가 마을 도서관의 책 때문이라고 했어. 책을 많이 읽기로 유명하고, 항상 책을 통해서 새로운 지식을 쌓으려 노력한다는 거야. 대학 경제학과 교수들은 가장 학습능력이 뛰어난 CEO로 빌게이츠를 뽑을 정도란다.

가난해서 교육을 받지 못 한 앤드류 카네기 역시 독서를 통해 꿈을 키우고 미래를 위한 지식을 습득할 수 있었다고 해.

우리는 인터넷을 통해 수많은 정보들을 얻을 수 있어. 물론 당장 써

먹을 수 있는 아주 유용한 정보들이지. 그러나 그 정보들은 어떤 일에 부딪혔을 때 도움을 줄 수 있을지는 몰라도 보다 더 근본적인 기초를 닦기에는 불완전해. 기초를 닦는 데는 책만 한 것이 없다는 것을 성공한 사람들은 전해 주고 있어.

인생의 지혜를 이끌어내는 일, 이것이 독서의 커다란 목적이야. 어느 시대든 인간의 본질에는 변화가 없었어. 수세기에 걸쳐 이루어진 경험과 지식들을 우리는 책을 통해 얻을 수 있고, 그로 인해 올바르게 사물을 판단할 수 있는 분별력을 기를 수 있는 것이란다.

오늘 읽고 얻은 것은 곧 사라지거나 잊혀져갈 거야. 새로운 지식의 흐름을 파악하고 계속 채우기 위해서는 독서만큼 중요한 것이 없어. 사람의 성격은 선천적으로 타고 나지만 환경에 의해서도 점차적으로 형성이 되어 가기도 해, 그 환경 중에 독서도 포함이 되는 거야. 특히 육체적, 정신적 성장의 시기에 있는 10대 청소년들에게 독서가 미치는 영향은 그래서 중요할 수밖에 없단다.

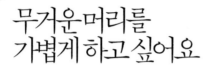

무거운 머리를
가볍게 하고 싶어요

∙ ∙

"엄마, 머리에 과부하가 걸렸나봐요. 정말 집중해서 공부를 하고 난

뒤에는 머리가 꽉 차고 무거운 느낌이 들어요. 게다가 잡동사니 생각

까지 기억하고 암기해야 하니 그럴 수밖에 없는 것 같아요.

'모든 기억을 휴지통에 버리시겠습니까?' 무거운 머리가 묻고 있어요.

그런데도 난 '예'라고 대답할 수 없어요."

"엄마는 드로잉을 할 때, 초점을 흩트리거나 흐름을 놓치지 않으려 노력해.

모델은 몸을 움직이기 마련인데 그것을 따라가지 않고 한순간을 선택해 거

기 머무른단다. 모델의 핵심요소가 무엇인가를 선택하고 나머지는 과감하

게 버리는 것이지.

꼭 기억하지 않아도 되는 것은 별도로 메모나 기록으로 남기도록 해 봐. 많이 기억하는 것과 머리가 좋다는 것은 상관관계가 없어. 모든 정보를 머리에만 의존하려 하지 마. 꼭 필요한 정보의 저장을 위해 머릿속을 정리하는 것, 그것이 메모야."

· ·

아인슈타인과 인터뷰하던 기자가 집 전화번호를 묻자, 아인슈타인은 수첩을 꺼내 자신의 집 전화번호를 찾았대. 기자가 놀라 물었어.

"설마, 댁의 전화번호를 기억하지 못 하세요?"

아인슈타인의 대답은 이랬어.

"집 전화번호 같은 것은 잘 기억을 안 합니다. 적어두면 쉽게 찾을 수 있는 걸 뭣 하러 머릿속에 기억해야 합니까?"

긴요하지 않은 일들은 기록함으로써 잊어버렸던 것이지. 이외에도 양말을 신는 것을 잊기도 하고 수표를 책갈피로 쓰기도 했다고 해. 아인슈타인은 두뇌를 기억과 저장의 기능보다는 창의적으로 활용하는 데 사용한 거야.

한번은 프리스턴 대학 캠퍼스에서 마주친 학생들에게 이렇게 물어

본 적도 있었대.

"내가 지금 어느 방향에서 왔는지 아는가?"

교수실 쪽에서 왔다고 대답하자,

"그렇군. 그렇다면 내가 이미 점심을 먹었다는 말이군" 하더라는 거야.

아인슈타인의 건망증은 유명했다고 해. 그것은 그만큼 어떤 일들에 몰두해 있었다는 증거였어.

'기록하고 잊어라. 그리고 대신 그 머리를 창조하는 데 써라.'

성공한 많은 사람들이 그렇게 말하고 있어.

사카토 겐지의 「메모의 기술」이라는 책이 있어. 저자는 "정보가 힘이 되는 21세기에는 머리와 마음을 정리하는 메모가 가장 강력한 무기"라고 강조하고 있어.

요즘 휴대전화에 많은 것을 저장하는 편리함이 있더구나. 언제나 휴대하고 있어 찾아보기 쉽고 저장하기도 쉬워서이겠지.

그런데 휴대전화를 분실했다면?

실제로 휴대전화를 분실한 후배의 말을 들어보니까, 가족이며 친척, 친구, 회사업무 등과 관련한 전화번호 200여 개가 저장되어 있었는데, 실제로 기억할 수 있는 전화번호가 고작 10여 개에 불과했다고 하더구나. 평소 암기하는 것이 싫다면 기계에 저장하는 것 외에 메모하는 습관을 들이는 것이 현명한 일이라는 생각이 들었어.

흘러가는 수많은 생각들을 그때그때 기록하지 않으면 30분이 채 지나지 않아 잊어버리고 만다고 하니 업무의 효율성 또는 아이디어의 포착을 위해서라도 메모는 필수인 것이지. 메모를 효율적으로 하지 못하거나 아예 하지 않는 사람은 대부분 정리하는 데 서툴단다.

메모하는 방법에 정답은 없다고 생각해. 메모는 자신을 위해 하는 것이지 남에게 보이려고 하는 것이 아니야. 그러나 기본적으로 처리할 일과 기억해야 할 일을 나누어 메모하는 것이 도움이 될 거야. 처리해야 할 일은 먼저 중요도, 우선순위에 따라 정한 후 하나씩 점검하면서 그것이 끝나면 지워나가는 방법을 써봐. 일이 끝난 후 메모내용을 하나씩 지우는 것은 머릿속을 정리하고 성취감도 느낄 수 있어 좋단다.

처음에는 메모를 너무 완벽하게 하려 하지 말고, 습관을 들이는 데 중점을 두는 것이 좋아. 메모는 메모하는 그 순간만을 위한 것이 아니야. 다시 읽어보지 않거나 활용하지 않는 메모는 낙서에 불과해. 하루 일과를 마치고 너만의 공간에 있을 때, 수첩을 펼치고 내일의 일정을 확인하는 사소한 행동으로도 다음 날 기분이 달라진단다. 마음의 준비를 하기 때문이야. 또, 목표를 달성하고 난 뒤의 기쁨도 같이 느낄 수 있단다.

엄마가 오늘 사다 준 수첩을 잘 활용해 보렴. 머리가 꽉 차고 무거운 느낌이 다소 줄어들 거야.

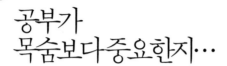

공부가
목숨보다 중요한지…

"오늘 슬픈 소식을 들었어요. 성적을 비관한 과학고 학생 하나가 스스로 목숨을 끊었다고 해요. 아주 공부를 잘하는 학생이었다는데 왜 그랬을까요? 무엇이 그 학생을 죽고 싶게 만들었을까요?

지금 우리에게는 공부가 전부인 것도 이해가 되고, 기대보다 성적이 부진할 때의 마음도 이해는 하지만, 그처럼 극단적인 행동은 옳지 않다고 생각해요.

친구들과 하루 종일 그 학생의 죽음에 대해 이야기 했어요. 어떤 친구들은 그것이 어쩔 수 없는 선택이라고 말했고 어떤 친구들은 도저히 용납할 수 없는 포기라고 말했지요. 그것이 선택이든 포기든 옳지 못 한 것은 확실하다고 생각해요. 엄마는 어떻게 생각하세요?"

"그토록 고통스러웠다면, 왜 주위 사람에게 털어놓거나 도움을 청하지 않았
는지 안타까워. 굳이 선택과 포기의 입장에서 엄마의 생각을 말해야 한다면
엄마는 그 학생이 극단적인 선택을 했다고 말하고 싶어.
그것은 곧 어떻게 펼쳐질지 모를 미래를 포기했다는 뜻이기도 해. 우리는
크건 작건 매일 선택하거나 포기하며 살고 있단다. 하나를 선택하면 하나는
사라지고 마는 것이지. 단지 사소한 선택과 아주 극단적인 선택 사이의 선
상에 놓일 뿐이야.
엄마는 권하고 싶어. 아무리 힘든 경우라도 포기의 문제가 아닌 선택의 문
제로 대하기를. 그렇게 마음을 다스린다면 신중한 행동을 하는 데 도움이
된단다."

• •

나귀 한 마리가 먹을 것을 찾아 들판을 헤매던 중 얼마 떨어지지 않
은 두 곳에 풀 더미가 있는 것을 발견했어. 동쪽에는 마른 풀이 수북하
게 있고, 서쪽에는 양은 적지만 신선하고 맛있는 여린 풀이 있었어. 나
귀는 매우 기뻐하며 양이 많은 건초 더미 쪽으로 달려가 먹으려던 찰나

생각을 바꿨어.

'서쪽의 여린 풀은 신선하니까 맛이 끝내줄 거야. 다른 나귀들이 다 먹어버릴지 모르니 그리로 가야겠어.'

나귀는 방향을 바꾸어 여린 풀이 있는 쪽으로 달려갔어. 그러다 다시 생각을 했어.

'이 풀은 부드럽긴 하지만 다른 나귀가 그 건초를 다 먹어버린다면 나는 분명 배가 고플 거야. 안 되겠어. 다시 돌아가 건초를 먹자!'

나귀는 다시 동쪽의 건초 더미로 달려갔어. 그렇지만 다시 부드러운 여린 풀이 먹고 싶어 서쪽으로 가다가, 그곳에서는 배불리 먹지 못 할 것이 걱정되어 동쪽의 건초더미로 돌아갔어. 나귀는 배불리 먹고 싶기도 하고, 부드러운 풀이 먹고 싶기도 하고, 이러는 사이에 다른 나귀가 다 먹어버릴까 봐 걱정도 되었어.

동쪽에서 서쪽으로, 서쪽에서 다시 동쪽으로, 쉬지 않고 두 곳 사이를 왕복하던 나귀는 결국 탈진하여 그토록 원하던 풀더미 옆에서 쓰러져 죽고 말았어.

배불리 먹을 건초를 선택했다면 여린 풀을 포기해야 할 것이고, 부드러운 여린 풀을 선택했다면 건초를 포기해야 하겠지. 양이냐 질이냐를 오락가락하다가 결국 지쳐 죽어버린다는 이 우화는 하나를 선택하면 빠르게 하나를 포기하라고 말해 주고 있어.

또 다른 예를 들어볼까?

내일 시험을 앞두고 있고 해야 할 공부는 많은데 자꾸 잠이 온다고 가정해 보자. 공부하면서 동시에 잘 수 없을 테니까, 공부를 하든지 잠을 자든지 결정해야 하겠지. 편안한 잠을 선택해서 나은 성적을 포기할 것인가, 밀려오는 잠의 유혹을 포기해서 저조한 성적에서 탈피하는 기쁨을 선택할 것인가, 이처럼 무엇을 포기하고 무엇을 확보할 것인가의 문제인 거야.

공부할 것인가 아니면 친구와 재미있는 시간을 보낼 것인가 하는 당장 눈앞의 선택에서부터, 내가 원하는 대학을 갈 것인가 부모님이 권하는 대학을 갈 것인가 하는 장기적인 선택까지 그 중 하나를 선택하지 않으면 안 되는 상황에 놓여 있단다.

하나를 선택하면 하나는 포기해야 해. 피터 드러커는 우리에게 선택은 포기다'라고 말했어. 즉, 어떤 것을 선택하는 것은 다른 것을 버리라는 거야.

그럼, 공부와 친구와의 즐거운 시간 중 어느 것을 선택해야 할까? 공부를 선택할 수도 있고, 재미를 선택할 수도 있겠지?

만약, 친구와의 시간을 선택한다면 이것은 주객이 전도된 경우라고 할 수 있어. 어느 것이 소중한지 판단을 잘못한 것인 셈이지. 우리의 삶은 중요한 20%의 일들이 80%의 성과를 차지하고 있다고 해. 무엇이 중요하고 먼저인지 생각하는 습관을 가져야 한단다. 선택과 포기의 순간이 올 때마다 목표가 무엇인지 생각하는 것도 중요한 일에 집중하게 만드는 현명한 방법이 될 거야. 너희만한 때는 어렵다싶은 것을 선택해도 그렇게 틀린 선택이 아니란다. 좋은 것은 쉽게 오지 않는 법이야. 그러기에 멀리 내다보면서 선택하고 포기해야 한단다.

짜증나
죽겠다는 말이
입에 배어버렸어요

"엄마, 짜증나 죽겠어요.

아침부터 저녁까지 짜증나는 일이 너무 많아요. 그런데 어느 때는 아무렇지도 않은데도 짜증나 죽겠다는 말이 저절로 나와요. 정말 아무렇지도 않은데, 얼굴까지 찡그리며 말하고 있는 내 자신에 놀라기도 해요. 입버릇이 되어 입에 찰싹 붙어버렸나봐요."

"한 시간 동안의 격렬한 독설은 실험용 쥐 80여 마리를 죽일 수 있는 독을 생산한다고 해. 그것은 독사의 독 다음으로 무서운 거야. 더욱 더 중요한 것은 독사는 독을 몸 밖으로 배출하지만 인간의 독은 체내에 쌓인다는 점이야.

말에도 파동이 있어 좋은 말은 몸에 좋고 나쁜 말은 그 반대라고 하는구나.
나쁜 입버릇은 결국 너에게 돌아가 너를 망치는 결과가 된단다."

• • • • ‹ • • • • ‹ • • • • ‹ • • • • ‹ • • • • ‹ • • • • ‹

전쟁터에서 포탄의 파편을 맞아 다리를 크게 다친 병사가 기절했다
가 깨어나 보니, 자신의 한쪽 다리가 잘려나가고 없었어. 현실을 비관
하며 우울해 하던 병사는 시간이 지나면서 차차 밝은 표정을 되찾았
어. 그것이 이상했던 옆의 병사가 물었어.

"한쪽 다리를 잃고도 어떻게 표정이 밝을 수 있지?"

"한쪽 다리만 잃은 것뿐이지 않은가."

병사는 목발을 짚고 고향으로 돌아왔어. 한쪽 다리가 없었지만 그는
언제나 이렇게 말했어.

"나는 운이 좋아. 두 다리를 다 잃지 않았으니."

"한쪽 다리가 없어도 할 수 있는 일이 있을 거야. 난 할 수 있어."

놀랍게도 병사는 일을 찾았고, 마음씨 고운 여자와 결혼하여 예쁜
아이들도 두었어. 병사는 한쪽 다리가 없는 것을 조금도 부끄러워하지
않았고, 아이들도 아빠를 자랑스럽게 생각했어. 그는 세상을 비난하지
도 책망하지도 않으며 행복하게 살았어.

그렇다면 이번에는 병사가 한쪽 다리를 잃고 절망만 하며 살았다고 가정해 보자.

한쪽 다리를 잃은 병사는 절망과 슬픔을 가득 안고 집으로 돌아왔어. 그는 집에만 틀어박혀 술로 세월을 보냈어.

"세상이 나를 버렸어. 난 이제 끝이야. 난 아무 것도 할 수 없어. 난 쓸모없는 사람이 되어버렸어. 모두 나를 떠나갈 거야."

그러나 그를 불쌍히 여긴 마음씨 좋은 여자가 있어 결혼을 했고, 아이들도 두었어. 그러나 병사는 변하지 않았어. 그는 입버릇처럼 중얼거렸어.

"아무도 나를 알아주지 않아. 난 언젠가는 혼자가 되어버리고 말 거야."

결국 병사의 폭력과 무관심으로 가족은 뿔뿔이 흩어졌어. 병사가 늘 말하던 대로 모두 그를 떠났고 그는 더욱 비참한 생활을 할 수밖에 없었어. 이 이야기는 꼭 꾸며낸 이야기만은 아니란다. 우리 세대의 아버지들 중에서 얼마든지 찾아볼 수 있었던 이야기야.

입버릇은 일종의 자기암시란다. 짜증나 죽겠다, 짜증나 미치겠다고 입버릇처럼 말하면 말할수록 더욱 더 짜증이 난단다. 그것은 우리의 자율신경계는 그런 말을 듣는 즉시 그것을 실현시키기 위해 몸과 마음을 그대로 바꾸려 반응한다고 해. 계속 짜증나 미치겠다고 말한다면 우리의 몸과 마음이 입버릇을 따르기 위해 노력할 것이고 결국은 짜증 나는 인생으로 바꿔놓을 거야.

말은 행동을 결정짓는 운명의 씨앗이야. 사람은 누구나 자신이 생각한 대로 살아가게 된다고 해. 따라서 미래는 현재의 생각과 말에 의해 이루어진다고 본다면 무심코 내뱉는 한마디 한마디의 말이 얼마나 중요한 것인지 알 수 있을 거야.

일본의 제일 부자인 사이토 히토리는 아침마다 천 번씩 '나는 재수가 좋아!'라는 말을 큰 소리로 반복했다고 해. 스스로 좋은 입버릇을 만든 것이지. 너도 입버릇을 바꿔보렴.

"나는 기분이 좋아."

반복하다 보면 어느 새 정말 기분이 좋아져 있을 거야.

다섯 번째 편지 묶음

사람과의 관계를
힘들어 하는 너에게

친구관계 역시

인간관계의 틀 속에서 시작하지.

남에게 대접받고자 하는 대로

남에게 대접해 주어야 하는 것이

인간관계의 황금률이야.

친구랑
말이 안 통해요

"엄마, 나는 친구와 말이 통하지 않을 때 답답함을 느껴요.

한참 이야기를 하다가 궁지에 몰리면 친구는 이렇게 말해 버려요. '그
만하자, 네가 틀린 거야.' 그러면서 아예 다른 사람 말을 들으려 하지
도 않아요.

결국 이렇게 오해가 쌓여가면 멀어져버리게 될 텐데, 이래서는 안 된
다고 생각해요. 친구와 말이 통하지 않는 건 혹시 내가 설득력이 없
어서일까요?"

"서로 말이 통하지 않을 경우에는 자기 자신을 돌아보아야 해. 상대방을 욕

하거나 원망하기보다는 상대방이 왜 내 말을 귀담아 들으려 하지 않는지 헤아려 보아야지. 어떤 경우는 상대가 자신이 틀렸다는 것을 알면서도 자존심을 지키기 위해 일방적으로 대화의 통로를 막아버리거나 상황을 회피해버리는 경우도 있어.

그러나 어떤 경우든 상대방의 자존심을 상하지 않게 하면서 자신의 주장을 인정하도록 하는 방법도 있어. 그것은 상대방의 생각이 틀린 것이 아니라 단지 내 생각과 다를 뿐이라는 인식을 가지는 것이란다."

• •

어느 날, 하루살이와 메뚜기가 함께 놀다가 저녁이 되자 메뚜기가 말했어.

"오늘은 그만 놀고 내일 또 놀자."

"얘, 메뚜기야! 내일이 뭐니?"

캄캄한 밤이 지나면 다시 오늘 같은 내일이 오는데 그것이 바로 내일이라고 일러 주었지만 하루살이는 그 뜻을 이해하지 못 했어.

다음 날, 하루살이가 나오지 않자 메뚜기는 다시 개구리와 친구가 되어 놀게 되었어. 이윽고 가을이 깊어지자 개구리가 말했어.

"메뚜기야, 그만 놀자. 날씨가 점점 추워지니 내년에 만나자."

"내년이 뭐니?"

개구리는 내년을 이해하지 못 하는 메뚜기에게 내년이란 눈이 오고, 얼음이 얼고 난 뒤에 다시 봄이 오는 것이라고 알려 주었지만 메뚜기는 그 말을 알아들을 수가 없었어.

"하루살이는 내일을 모르고, 메뚜기는 봄을 모른다." 이 말을 잘 생각해 보면 상대방을 있는 그대로 인정하면 논쟁이 벌어지지 않는다는 이야기가 되지. 따라서 상대방이 '틀렸다'고 생각하기에 앞서 '단지 나와 다를 뿐이다'라고 받아들여야 해.

이런 질문을 한번 생각해 보자. 얼룩말은 검은 바탕에 흰색 줄무늬가 그려진 것인가, 아니면 흰 바탕에 검은 줄무늬가 그려진 것인가? 어떤 게 답이라고 생각해?

검은 바탕에 흰색 줄무늬가 그려진 것이든, 그 반대이든 그것은 보는 생각과 관점이 다를 뿐이지 맞고 틀린 답은 없어. 그러나 이 질문에 대해 백인들은 흰 바탕에 검은 줄무늬가 그려진 것이라는 대답을 많이 하고, 흑인들은 검은 바탕에 흰무늬가 그려진 것이라는 대답을 많이 한다고 해. 사람들은 이렇게 자기에게 맞게 해석하는 경향이 있단다.

어린 아이가 묻더구나.

"이모는 붕어빵을 꼬리부터 먹어요, 아니면 머리부터 먹어요?"

"난 꼬리부터 먹지."

"우리 엄마는 머리부터 먹는대요."

이번에는 내가 물었어.

"너는 어디부터 먹어?"

"저는 몸통 먼저 먹어요."

일상생활 속에서도 이러한 관점의 차이는 얼마든지 있단다. 상대방이 나와 다를 수 있다는 것을 인정해야 서로의 자존심을 지키고 또 대화를 원활하게 풀어갈 수도 있어. '너는 틀렸어'라고 말하기 이전에 '우리는 다르다'는 것을 인정해야 해.

대화가 통하지 않아 답답할 때는 이렇게 얘기하는 습관을 길러봐.

"나는 그렇게 생각하지 않지만, 내 생각이 틀렸을 수도 있어. 만약 내 생각이 틀렸다면 고치고 싶어. 그러니 이 문제를 다시 한 번 생각해보자."

그러면 친구는 이렇게 말할 거야.

"너의 생각이 꼭 틀렸다는 것은 아니야. 나는 단지……."

그것은 부모와 자식 간에도 통하는 이치란다.

'엄마가 틀렸어'보다 '엄마와 나는 생각이 달라', '내 아이가 틀렸어'보다는 '아이와 내 생각은 달라'라고 생각해야 하는 거지. 서로 다른 입장, 다른 생각을 가지고 있다는 것을 인정한다면 서로 얼굴을 붉히는 일이 없겠지? 그러다 보면 자연히 대화의 방법도 달라질 수 있어.

하루 종일 TV만 보는 너에게 엄마가 이렇게 말한다고 가정해 보자.

"너는 왜 허구한 날 텔레비전만 보냐? 책 좀 보면 어디 덧나냐?"

넌 분명 이렇게 말할 거야.

"내가 언제 텔레비전만 봤다고 그러세요. 잘 알지도 못 하면서."

그렇다면 똑같은 상황을 놓고 이렇게 말하면 어떨까?

"내 생각에는 네가 TV를 그만 봤으면 좋겠다."

너는 이렇게 대답할 거야.

"알았어요, 엄마. 이것만 더 보고 끌게요."

언제나 대화에서는 '너는 어떻고 어떻다'보다는 '나는 네가 이러이러 하면 좋겠어'라고 표현하는 것이 상대로부터 긍정적인 답을 끌어내는 원칙이란다.

싸움 난 친구들 사이에 끼었어요

"엄마, 친구들 간에 싸움이 붙었는데 다들 내게로 와 하소연을 해요. 사실 저는 이 친구 입장에서도 이해가 가고 다른 친구 입장에서도 이해가 가는데 친구들은 내가 누가 옳고 그른지 판단을 해 주길 원해요. 친구들의 싸움, 그 사이에 낀 나. 어떤 기준으로 판단해야 하죠? 그리고 편을 들어주는 게 옳을까요?"

"너의 좁은 식견을 가지고 옳고 그름을 판단하는 것은 위험할 수 있어. 다만 이런 경우에는 긍정적으로 사고하면 사람마다의 차이를 인정하게 되어 옳다 그르다로 판단할 수 없는 일이라는 것을 깨닫게 돼.

그리고 옳고 그름을 지나치게 따지면 주위사람들과 자신까지 힘들뿐이란다."

• •

한 여종이 황희 정승에게 다른 종과의 불화에 대해 하소연했어. 자신은 이리 저리하게 일을 올바로 처리하는데, 다른 종은 그렇지 않다는 것이었어. 황희 정승이 이 말을 듣더니 맞장구를 쳤어.

"그래, 네 말이 맞다."

조금 뒤에 다른 종이 찾아와 자신의 입장을 설명했어. 그 일은 이리 저리해야 맞다는 것이었어. 이에 황희 정승이 또 맞장구를 쳤어.

"그래, 네 말이 옳다."

두 종의 이야기는 분명히 상반되는 것이었는데, 둘 다 맞는다고 하는지라 옆에서 이를 지켜보던 부인이 물었어.

"이 쪽도 옳고 저 쪽도 옳다고 하면 도대체 어느 쪽이 틀렸다는 말입니까? 하나가 맞으면 하나는 틀리는 것 아닙니까?"

그러자 황희 정승이 말했어.

"부인 말도 맞소."

그러나 황희 정승은 첫째 종의 이야기에 옳은 점이 있었기에 '맞다'했고, 다른 종의 이야기에도 옳은 점이 있었기에 '맞다'고 한 거야. 이것도 옳고 저것도 옳은 것, 이것이 생각의 차이란다.

이 이야기가 주는 교훈은 사람이란 자신의 입장에서만 생각하기 때문에 모두 자신이 옳다고 생각하는 존재라는 것을 알 수 있어. 그렇기 때문에 입장을 바꿔 생각하면 이해할 수도 있다는 거야. 다른 사람에 대해 함부로 판단하거나 비난하는 일이 없어야 한다는 것이지.

사람은 모두 성격과 행동유형이 다르고, 처해 있는 입장과 상황이 다르며, 동일한 사물이나 사건에 대해서도 바라보는 관점이 달라. 내 기준, 내 잣대로만 남을 평가하려 하지 말아야 한단다.

친구 사이에서도 마찬가지야. 아무 것도 아닌 말 한 마디가 친구 사이를 적으로 만들 수도 있어. 말은 한 번 입 밖으로 내뱉으면 주워 담을 수 없을 뿐만 아니라 '함부로 내뱉은 말은 상대방의 가슴속에 수십 년 동안 화살처럼 꽂혀있다'고 미국의 시인 H, W, 롱펠로우는 말했어. 꼭 롱펠로우의 말이 아니더라도, 다른 사람의 감정과 자존심에 상처를 주는 것은 분노와 적개심이 되어, 분명 복수의 화살이 되어 돌아온다는 것쯤은 알고 있을 거야.

친구들 간의 불화의 한가운데 네가 서 있다면, 누가 옳고 그르다고 판단하기보다는 긍정적으로 판단할 수 있는 능력을 길러야 해. 나의 입장이 아닌 너의 입장, 그리고 모두의 입장을 생각한다면 고민할 문제는 아니야.

친구들의 말을 충분히 들어주고 상대방의 입장과 생각을 고려해 준다면 남을 비난, 비판하는 우려는 일어나지 않아. 각자 상대방의 입장에서 생각해 보는 낙천적인 사고를 갖도록 얘기해 보렴. 그리고 황희 정승처럼 말하렴.

"그래, 너도 옳고, 너도 옳다. 우리는 모두 옳다."

친구라고
무조건
이해해 주고 싶지 않아요

● ●

"엄마, 나는 거침없이 다른 사람을 반박하거나 비판하는 친구에게 화가 나요. 특별히 논쟁을 좋아하지는 않지만 그 부분에서는 침착하고 냉정한 감정을 유지할 수가 없어요.

친구로 인해 상처받거나 상처를 주는 일은 피하고 싶어요. 그렇다고 해서 친구 사이에서 있으나마나한 존재가 되겠다는 것은 아니지만, 친구라고 해서 모든 일을 감싸줄 수는 없는 것 아닐까요?"

"그래, 청소년기에는 친구가 자신과 다른 관점을 가지고 있다는 것을 인정하지 않으려 하는 특징이 있단다. 항상 뜻을 같이 하고, 모든 것을 이해해 주어야 한다고 생각하지.

친구가 다른 사람을 지나치게 비판하고 험담을 하는 것이 싫을 때는 기분 나쁘지 않게 그만두도록 말하고, 그래도 계속한다면 자리를 피하는 방법을 권하고 싶어."

• •

한 변호사가 있었어. 어느 날, 그는 고향의 초등학교로부터 초청을 받았어. 성공한 인물로서 아이들에게 꿈과 희망을 줄 수 있는 강의를 부탁받은 것이지. 그 변호사는 승낙했어.

여러 인사들이 마중을 나왔어. 그런데 그 속엔 유독 초라한 한 남자가 있었어. 그는 변호사와 죽마고우였는데 지금은 고향에서 농사를 지으며 살고 있었던 옛 친구였지.

친구는 반갑게 인사했지만 변호사는 유명 인사들과 인사를 나누느라 친구를 소홀히 대했어. 친구는 변호사보다 열 살은 더 들어 보이는 얼굴이었지만 반가운 표정이 역력했어.

"교장실로 가셔서 잠깐 휴식을 취하시고, 강연준비도 좀 하시는 게 어떨까요."

"아. 이 일을 어쩌나!"

변호사가 갑자기 난처한 표정을 지었어.

"오는 도중 휴게실에서 인쇄물을 점검하다가 깜빡 놓고 와버렸어요. 아이들에게 한 부씩 나누어주면 좋은 참고 자료가 될 수 있을 텐데. 찾아오려면 한 시간은 걸리겠지요?"

"이미 늦었으니 어쩌겠습니까? 아마 변호사님의 얼굴을 보는 것만으로도 아이들은 좋아할 것입니다."

밤새 준비했다는 자료를 놓고 온 변호사는 계속 아쉬워했어. 그러나 시간은 얼마 남지 않았고 거리가 만만치 않아 포기할 수밖에 없었어.

변호사의 강연이 거의 끝나가고 있을 무렵, 강당의 문이 열리며 친구가 뛰어 들어왔어. 친구는 변호사에게 두꺼운 봉투를 내밀었어.

"이거, 내가 찾아왔어. 아직 끝나지 않아서 다행이다."

뜻밖의 일에 고맙다는 인사를 하려고 친구의 얼굴을 보던 순간, 변호사는 깜짝 놀랐어. 친구의 얼굴은 검붉다 못해 까맣게 변해 있었고, 코와 귀는 금방이라도 터져버릴 것만 같아 보였어. 친구는 헬멧도 없는 오토바이를 타고 겨울 칼바람을 맞으며 달려왔던 거야.

"네가 밤새 준비한 것을 헛되이 하기 싫었어."

수줍은 표정으로 이야기하는 친구의 모습에 변호사는 눈물이 핑 돌았어.

그 날, 변호사는 초등학교 후배들에게 친구가 얼마나 소중한지를 애기해 주었어. 참된 친구란 친구의 성공과 행복을 순수하게 기뻐해 주는 사람이라고 덧붙이면서 말이야.

친구의 좋은 점은 무엇일까?

친구 사이에는 서로의 결점을 모르거나, 아니면 익숙해져 있어 그냥 지나쳐버리기가 쉽단다. 설령 알아차린다고 해도 좋은 쪽으로 해석하려 하지. 어떤 경우에든 친구에 대한 판단은 관대해진단다. 그래서 친구에게 완전히 의지하고, 내 친구의 마음이 변할 리도 없다고 생각하는 것이지.

친구란 상대의 결점을 발견하고 충고해 주는 사이여야 한다고 말하기도 하지만, 그보다는 목표를 향해 나가도록 용기를 북돋워주는 사이여야 한단다. 괴로워하거나 고민하고 있을 때 분발할 수 있도록 격려를 해 주는 것이 친구의 임무라고 생각해. 충고나 조언을 해 주어야 할 필요가 있다면, 진실한 마음이 느껴지도록 조심해야겠지.

인생에서 참된 친구를 얻는 것도 어렵지만 친구 사이를 유지하는 것은 더욱 어렵단다. 친구란 서로의 습관, 성격, 사고방식을 공유해야 하므로 신중하게 선택하여 사귀어야 해. 자기의 기분이나 상황이 좋을 때만 친구로 대하고, 어려움이 닥치면 외면해버리거나 떠나버리는 친구도 있어. 그래서 진정한 친구를 얻은 것은 보석을 얻은 것과 마찬가지라고 말한단다.

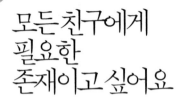

모든 친구에게
필요한
존재이고 싶어요

. . . .

"엄마, 가끔 내가 있으나마나한 존재라고 느낄 때가 있어요.

항상 변함없이 친구들을 대하고, 두루두루 관계도 원만해요. 하지만

친구들은 내가 변함없이 있는 듯 없는 듯 하다고 말해요. 내가 없다

면 친구들이 허전해 하기는 하겠지만, 없어서는 안 되는 큰 존재감

있는 사람은 아닌 것 같아요.

하지만 주목받고 싶어요. 어디에서든 내가 안 보이면 나를 찾고, 내

가 꼭 있어야 한다고 친구들이 생각하길 바라요. 내가 마음이 좁은

걸까요?"

"어느 모임에서건 앞에 나서서 분위기를 이끌어가는 사람이 있어. 반면에 아무 말 없이 자리만 지켜도 빛이 나는 사람도 있지. 끌어가는 사람 못지않 게 들어주는 사람도 정말 중요하단다.

그러나 주목받고 싶다면 너도 그런 사람이 될 수 있어. 바로 '유머러스한 사 람'이 되려고 노력하는 것이지."

• •

한 소련 사람이 크레믈린 광장을 돌아다니며 "후루시초프는 바보다! 후루시초프는 바보다!"라고 외쳤대. 그 사람은 곧 체포되어 23년의 금 고형에 처해졌는데 죄목이 뭔지 알아? 당서기장을 모욕한 죄 3년에 국 가기밀을 누설한 죄 20년이래. 어때 재미있지?

이 유머는 케네디 대통령이 애용한 유머라고 해.

미국 35대 대통령 존 F. 케네디.

케네디 대통령의 빛나는 재치는 굳은 인간관계를 화해로 회복시켰 고, 당황스러운 상황들을 현명하게 추스르는 케네디만의 무기였어. 재 치와 기지로 상대방의 긴장을 풀어주고 자기 페이스를 스스로 이끄는 능력은 외국 고관이나 정상과의 회담에서 특히 그 진가가 발휘되었어. 빈번한 외국 방문에서 유머는 여행을 즐겁게 해 주었고, 자기 자신과 미국에 이익을 가져다준 것이지. 그러나 케네디 대통령의 유머는 사람을 웃기는가 하면 어느새 상대의 급소를 찌르는 지극히 탐색적이며 양면성을 띤 것이었다고 해. 케네디 대통령의 정치력은 긍정적인 사고방식을 통한 유머와 화술에 있었다고 하는구나.

똑같은 이야기를 해도 그 사람이 하면 재미있고, 몇 시간을 함께 있어도 지루하지 않고, 또 만나고 싶어지는 사람이라면 그 사람은 분명 유머러스한 사람일 거야.

유머러스하다는 것은 단순히 말재주가 뛰어난 것이 아니라, 위기 사항을 부드럽게 넘기며, 다른 사람의 실수조차 따뜻하게 감싸 안는 겸손한 마음에서 우러나는 것이란다. 사람들을 웃게 만들어 긴장을 풀고 서로에 대한 경계심을 늦추어 더욱 친밀하게 하는 능력이야.

삼성경제연구소가 최고경영자들을 상대로 조사를 한 자료가 있어.

"채용하고 싶은 인재는 어떤 유형입니까?"

놀랍게도 77%가 '재미있고 유머러스한 사람'이라고 대답했다고 해. 유머러스한 사람은 어디에서나 환영받기 때문에 사회적으로 성공할 가능성도 크지.

"그런 재주는 타고나는 것 아니에요? 성격도 중요하고요."

그러나 노력하면 누구나 유머러스한 사람이 될 수 있단다. 세상이나 사물의 이치를 긍정적으로 받아들이고, 반대 의견을 말할 때에도 상대방이 기분 나쁘지 않도록 애정을 담아 얘기하려고 노력해야 하지.

유머집 읽어두기, 흥미나 관심의 영역 넓히기, 반발이나 보복도 재미있게 생각하기, 모든 일에 호기심을 가지고 대하기 등도 유머러스한 사람이 되는데 도움이 된다고 해. 특히 다른 사람을 존중하고 배려하며 겸손해야 하는 것은 기본이란다.

유머(Humor)는 히브리어로 지혜를 뜻하는 말이야. 지혜란 노력으로 터득될 수 있는 것 아니겠어?

"프랑스인은 유머를 다 듣기도 전에 웃고, 영국인은 다 듣고 난 다음에 웃고, 독일인은 얘기를 들은 다음 날 아침에 웃고, 미국인은 웬만한 유머는 이미 다 들었기 때문에 웃지 않는다. 그러나 한국인은 무슨 얘긴지 알아듣지 못 하면서도 다른 사람들을 따라 웃는다."

우리나라 사람들이 그만큼 남의 눈치를 중요시한다는 의미로 자주 인용하는 말이지만 나는 그 말에 공감하지는 않아. 유교사상이 깊이 뿌리박혀 있던 시대에서는 그랬는지 몰라도 지금의 세대는 기지가 뛰어나고 마음의 여유가 있어 다르다고 생각해.

나는 네가 유머러스한 사람이 되어, 누구나 다시 만나고 싶어 하고, 오래도록 기억에 남는 사람이 되었으면 해.

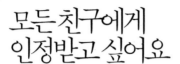

모든 친구에게
인정받고 싶어요

"엄마, 이제껏 마음을 터놓은 친구인데도 어느 순간, 처음 대하는 친구보다 못 할 때가 있어요. 그럴 땐 진정으로 인정받지 못 했다는 생각으로 괴로워요.

친구와 좋은 관계를 유지하는 것이 좋은 친구를 사귀는 것보다 힘들다는 말의 뜻을 알겠어요."

"친구관계 역시 인간관계의 틀 속에서 시작하지.

남에게 대접받고자 하는 대로 남에게 대접해 주어야 하는 것이 인간관계의

황금률이야.

지금 친구 사이에서 네가 원하는 것이 있다면 네가 먼저 친구에게 베풀어야

해. 친구가 너에게 필요한 존재가 되기를 원한다면 네가 먼저 친구를 인정

해 주어야 한단다."

• •

「통쾌한 대화법」을 쓴 공문선 작가의 이야기야.

작가는 아주 오래 전, 유명관광지로 캠핑을 갔었대. 멋진 경치를 구

경하고 시원한 물줄기에 더위를 잊고 한껏 즐기고 있는데, 갑자기 동

네 건달들이 나타나 자릿세를 요구했다는 거야. 주변에 함께 텐트를

쳤던 사람들이 울며 겨자 먹기로 돈을 내고 있는 동안 거의 빈털터리나

다름없던 그들 일행은 벌벌 떨고만 있었어.

이윽고 패거리의 두목처럼 보이는 남자가 한여름인데도 마치 이소룡

처럼 긴 바지를 입고 쌍절곤을 휘두르며 다가왔어. 그런데 그 모습이

어찌나 멋져 보였던지 일행 중 한 친구가 감탄사를 내질렀대.

"와, 진짜 이소룡 같다."

그 말을 들은 쌍절곤의 두목이 거만하게 톤을 높이며 물었어.

"너 지금 뭐라고 했어?"

"아, 아니……저……너무……멋지다고……꼭 이소룡……같다고

......."

그날 일행은 매도 맞지 않았고 돈도 빼앗기지 않았어. 대신, 그 더운 여름 날 텐트에 앉아 세 시간 동안이나 이소룡에 대한 이야기를 들어야 했지만… 더 우스운 것은 그 날 저녁, 두목이 찐 감자와 옥수수를 보내 주었고, 그곳을 떠날 때는 경운기까지 대동하여 짐을 챙겨 주기까지 했어. 뿐만 아니라 역에 도착해서는 용돈까지 쥐여 주었다는 거야.

그 건달은 이소룡처럼 되고 싶었던 사람이었어. 그러기에 자신을 인 정해 주는 사람을 만나자 끝까지 보호한다는 자신의 모습을 유지하려 고 애쓴 것이지. 이와 같이 인정한다는 것은 사람을 변화시키는 힘이 있어.

인정받는다는 것은 자신이 바라는 것을 표현해 주는 것을 말해. '되 었으면 하는 모습'으로 상대방이 자신을 봐주는 것 말이야. 즉, 쌍절곤 을 든 건달은 자신을 이소룡처럼 봐주기를 원했고, 그렇게 자신을 인 정해 주자 이소룡처럼 정의롭게 행동한 거야.

남에게 인정받고 싶다면 남을 먼저 인정해 주면 된단다. 사람들은 보통 칭찬을 들으면 상대에게 그에 상응하는 칭찬을 돌려주려고 해. 또 상대가 자기자랑을 늘어놓으면 자기도 은근히 자신을 과시하려고 하지. 이처럼 상대방이 자기 자신을 나타내는 만큼 나도 자신을 나타 내려 하는 거야.

아주 사소한 것일지라도 칭찬해 주고 격려해 준다면 그것이 바로 인정해 주는 거야. '와, 멋있다', '훌륭해', '잘 했어'라고 건네는 한마디가 힘이 되어 더욱 잘 하고 싶게 만들 테니까.

엄마가 정성들여 준비한 밥상 앞에서 네가 '와, 맛있어. 엄마 솜씨가 최고야'라고 했을 때 엄마는 더 맛있는 음식을 만들어 주어야겠다는 다짐을 하거든. 그것은 네가 엄마의 음식 솜씨를 인정해 주었다는 기쁨에서 나오는 마음가짐이야. 인정받은 그대로 유지하려 노력하는 거야.

상대가 어떻게 되고 싶어 하는지, 상대가 어떤 말을 듣고 싶어 하는지를 알면 대화는 쉽게 풀리고 상대방을 인정하는 데에도 어려움이 없단다. 아주 사소한 것이라 하더라도 주변 사람들을 먼저 인정한다면 그들도 너를 인정해 줄 거야.

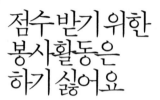

점수 받기 위한 봉사활동은 하기 싫어요

"엄마, 점수 받기 위한 봉사활동은 하기 싫어요. 시간 낭비라는 생각이 들 뿐이에요. 차라리 그 시간에 공부를 하는 것이 낫겠다고 생각해요.

봉사활동의 진정한 의미가 없어지잖아요? 봉사활동이란 내 마음에서 우러나서 해야 하는 건데, 내신 점수를 따기 위해 봉사하는 것이 이해가 가지 않아요. 난 내가 도움이 되는 곳에서 봉사하는 기회를 갖고 싶어요."

"그렇게 생각할 수도 있겠다. 그런데 봉사활동도 학교 교육과정에 통합시켜 하나의 학습으로 경험하게 하려는 것이 학교 봉사활동의 취지야. 물론 자발적으로 참여한다면 더욱 뜻있는 일이지. 찾아보면 주위에는 너의 작은 손을 필요로 하는 곳이 많이 있어.

참, 태안 봉사활동을 소리 없이 다녀왔더구나. 당연히 참여했어야 할 일이지만, 참 잘했다는 칭찬을 해 주고 싶어. 어느덧 네가 울타리를 벗어나 멀리 세상을 보기 시작했다는 것이 기뻤어."

◦ ◦

점심시간이 끝나고 오후 수업이 시작되기 직전, 갑자기 진호가 바닥에 쓰러졌어. 몇 명의 아이들이 부축하려 달려들다가 튕겨 나가듯 물러났어.

"진호가 이상해. 무서워."

그도 그럴 것이, 진호는 괴상하고 흉측한 모습으로 변해 있었어. 휑하니 흰자위만 드러난 눈, 뒤틀려 떨며 어찌나 심하게 움직이는지 평소의 진호라고는 상상조차 할 수 없는 모습이었어. 눈을 가리는 아이들, 뛰쳐나가는 아이들, 놀란 눈으로 안타깝게 지켜보는 아이들, 순식간에 일어난 진호의 발작에 아이들은 웅성거리기만 할 뿐 어찌할 바를 몰랐어.

그 때 성수가 진호에게 달려들며 큰 소리로 말했어.

"책상을 멀리 치워."

성수는 체육복을 진호의 머리 밑에 받쳐주며 모두들 나가 있는 것이 좋겠다고 했어. 아이들은 교실 밖에서 성수의 행동을 묵묵히 지켜보고 서 있기만 했어.

소식을 들은 선생님이 황급히 달려오셨고 한참 후 진호가 정신을 차리고 일어났어. 진호를 부축해 양호실로 가는 성수를 보며 한 아이가 말했어.

"아마 가족 중에 간질환자가 있나 봐."

"맞아, 그러니까 저런 방법을 알겠지. 난 무서워서 혼났어."

"그런데 요즘 성수가 좀 변하지 않았냐?"

"그러니까 말이야. 멋만 부리던 예전의 성수가 아니야."

아이들은 언제나 아웃사이더였던 성수를 변하게 만든 원인이 무엇일까 궁금했어. 성수의 행동은 믿음직스럽다 못해 멋있게까지 보였단다.

몇 개월 전, 성수는 강요에 이끌려 일요일마다 이모가 운영하는 아동센터에서 자원봉사를 했어. 그곳엔 버려진 아이들이 대부분이었는데, 그 중에는 병을 앓는 아이들이 많았어. 성수는 아이들의 목욕을 돕기도 하고, 놀이 상대가 되어주기도 했는데 언제부턴가 보람을 느끼기 시작했어. 성수가 보고 싶다며 아이들은 일요일이 오기만을 기다렸거든. 처음엔 일손이 모자라다는 강요에 못 이겨 시작한 일이었지만 이젠 생활의 일부분이 되어버린 것이지.

　그렇다고 성수가 학교공부를 소홀히 하는 것은 아니었어. 전보다 더 열심히 공부했어. 성수의 생활태도가 달라지자 성수를 따르던 친구들도 조금씩 변하기 시작했어. 성수에게는 사회복지사가 되겠다는 확실한 목표도 생겼단다. 성수는 남을 돕는 과정에서 새로운 세상을 발견한 거야.

　외국인 노동자에게 영어로 한국어를 가르치는 여고생에 대한 기사를 본 적이 있어. 외국어고를 다니는 학생인 자신이 할 수 있는 봉사를 생각해 봤다는 그 여학생은 매주 일요일마다 10여 명의 필리핀 노동자들에게 한국어를 가르쳐 왔다는구나.

　"학교 안에서 공부에만 매달려 지내기보다는 조금만 눈을 돌려 보면, 더 크고 다양한 세상이 있다는 것을 깨닫게 되어 사고의 폭도 넓어지는 것 같다"는 여학생의 말에서 스스로 일을 찾아 남을 돕는 것이 자신의 발전에도 영향을 미친다는 것을 알 수 있단다. 학교공부에만 매여 아무 것도 할 수 없을 것 같아도 마음만 먹으면 얼마든지 봉사할 수 있는 기회는 있어.

　학교에서는 봉사활동을 학교 교육 과정에 통합시켜 배움의 일부로 보고 있더구나. 봉사활동 역시 행동에 의한 하나의 학습인 셈이지. 봉사활동이 남을 돕는 것이라고 생각하지만 실제로는 경험을 통해 자기 자신에게 도움이 되는 경우가 훨씬 많단다. 억지로 이끌려간다고 생각하지 말고 더불어 사는 세상에 나도 함께 한다는 생각으로 긍정적이고 친절한 봉사를 한다면 무의미한 시간이라고 느껴지진 않을 거야.

인사성 부족한
사람이라는
오해를 받았어요

"엄마, 난 인사성이 부족하다는 오해를 받을 때가 많아요. 심지어는 내가 자기를 무시했다고 생각하는 친구도 있어요. 하지만 그게 아니에요. 인사를 하려고 했는데 부끄러워 망설이다가 타이밍을 놓치는 경우가 많은 것 뿐이에요. 간혹은 부끄러움을 이기고 인사를 했는데도 상대방이 알아차리지 못 하기도 하고요.

난 사람들이 그런 나를 이해해 주리라 믿었는데, 그게 아닌가봐요."

"인사에는 세 가지 포인트가 있단다.

첫째, 표정은 밝고, 친근해야 하며 부드러운 시선이어야 한다.

둘째, 음성은 맑고 쾌활해야 한다.

셋째, 몸동작은 자연스럽고 정중해야 한다.

인사는 기본 예의야. 사람들은 인사를 잘하는 사람치고 그릇된 사람 없고,

일 못 하는 사람이 없다고 생각한단다."

• •

　가수 김건모는 한 텔레비전 프로그램에서 자신의 성공비결을 '인사
하기'라고 소개했어. 무명시절 방송국에 가면 자신이 아는 가수를 비롯
하여 무조건 모든 사람에게 인사를 했다고 해.

　"안녕하세요? 신인가수 김건모입니다. 잘 부탁드립니다."

　누가 알아주던 알아주지 않던 예의를 갖춰서 정중한 태도로 인사를
했다고 하는구나.

　어느 날은 가수들이 모인 한 파티에 갔는데, 그 곳에서 누가 자신을
알아주든 말든 여러 선배 가수들 틈에 끼어 후배로서 최선을 다해 선배
들을 모셨어. 그러다가 그를 눈여겨보던 선배들이 일부러 자신을 불러
이름을 물어보곤 했을 때, 다시 한 번 깍듯이 예의를 갖춰 인사를 함으
로써 강하게 자신을 기억시켰다고 해.

　'나'라는 브랜드의 관리가 중요한 시대야. 그러니까 어디에서든 기본
이 된 사람이라는 소리를 들을 수 있도록 노력해야 해.

가수 '보아'를 배출한 SM엔터테인먼트에서는 가수를 꿈꾸는 연습생들에게 실력을 기르기에 앞서 예절교육을 먼저 시킨다는구나. 한마디로 가수이기 이전에 좋은 품성이 갖추어진 사람이 되게 하려는 것이지. SM의 초기 멤버였던 HOT나 SES는 물론 보아, 동방신기도 모두 그런 과정을 통해 스타의 길에 들어설 수 있었어. 예절교육을 통해 인사가 몸에 배어 있었단다. 그래서 연예 관계자나 언론, 그리고 팬들에게까지 친근감과 신뢰를 줄 수 있었고 팬들에게도 많은 사랑을 받았어.

인사만 잘해도 성공한다는 말은 결코 빈 말이 아니야. 인사는 가장 자연스럽게 상대방에게 신뢰를 줄 수 있는 아름다운 행위란다. 인사를 잘 하는 사람은 좋은 인간관계를 맺을 수밖에 없어. 자신을 기억해 주는 사람에게 끌리고 호감을 갖는 것은 인지상정이야. 인사습관은 성공을 떠나 대인관계 형성에 가장 통로이며 수단이라는 것을 기억해야 해.

누구를 만나든 인사를 하는 둥 마는 둥 하거나 고개만 겨우 까닥하는 사람도 있어. 이런 사람은 상대방에게 스스로를 가치 없게 홍보하는 것과 다를 바가 없어. 누가 자신을 하찮게 여기는 사람을 귀하게 생각해 줄까?

간혹 너처럼 괜히 민망하고 부끄러워서 타이밍을 놓치는 경우도 있겠지. 또 아무런 말도 없이 고개만 살짝 끄덕이는 인사, 상대방을 쳐다보지 않고 그저 허공에 대고 던지듯이 하는 인사, 표정 없이 내뱉는 인사는 상대방에게 결코 좋은 이미지를 줄 수가 없단다. 이런 인사는 상대방을 기분 나쁘게 하고, 경망스럽게 보일 뿐만 아니라 무시당하는 느낌까지 줄 수도 있어. 아무리 바쁘고 좋지 않은 감정이 있더라도 이런 인사는 피해야겠지.

인사는 그 사람의 인격을 표현하는 수단이야. 따라서 자신 있게, 공손하게 인사를 건넬 수 있어야 해. 더 나아가 살갑고 친근하게 인사를 한다면 상대방에게 인상 깊은 이미지를 심어줄 수도 있단다.

"내가 인사를 잘 못 하는 것은 남을 무시해서가 아니라 단지 부끄러움을 많이 타서야. 그러니 상대방도 내 마음을 알아줄 거야."

그러나 상대방은 그 마음을 알아주기보다는 '예의가 없는 아이로군', '버르장머리가 없군', '자신감이 없는 아이로군'이라는 생각을 먼저 할 거야. 낯설다는 핑계로, 별로 친하지 않다는 핑계로, 또는 상대가 인사를 잘 받아주지 않는다는 이유로 머뭇거린다면 그만큼 자신의 존재를 알릴 기회를 놓치고 마는 거야.

그리고 인사성이 밝은 사람치고 친절하지 않은 사람이 없어. 마찬가지로 친절한 사람치고 인사성이 밝지 않은 사람도 없단다. 그래서 우리는 저절로 인사 잘하는 사람을 친절한 사람, 예의바른 사람으로 기억하는 거야. 아무리 멋있고 능력이 뛰어난 사람이라 하더라도 예의가 없는 사람은 어디를 가나 인정받기 힘들어.

우리가 하는 말 속에는 말하는 사람의 마음가짐이 담기게 마련이야. '고맙습니다' 하는 말 속에는 감사의 마음이 담기고, '미안합니다' 하는 말 속에는 반성의 마음이, '덕분입니다' 하는 말 속에는 겸허한 마음이, '그렇습니다' 하는 말 속에는 긍정의 마음이 담겨 있단다.

인사는 자신에 대해 경계심을 가지고 있는 사람에게 편안한 이미지를 심어주는 놀라운 힘이 있어. 첫인상은 대개 인사하는 모습에서 결정되는 경우가 많아. 대인관계의 80~90%를 좌우하는 첫인상은 고작 3초 만에 결정이 되어 뇌리 속에서 쉽게 사라지지 않는단다.

네가 먼저 큰 소리로 상대방의 눈을 보며 인사하는 습관을 가지렴.

인기 있는 사람이
되고 싶어요

"엄마, 인기 있는 사람은 꼭 말을 잘 해서만 인기 있는 것은 아닌 것 같아요. 가만히 생각해 보면 편안함을 주는 것이 먼저라는 생각이 들어요. 그 편안함은 어디에서 나오는 것일까요? 어떻게 하면 나도 가질 수 있을까요?"

"인기 있는 사람이 되고 싶다면 먼저 상대가 좋아하는 사람이 되어야 해. 상대가 좋아하는 내가 되려면 상대방의 이야기를 잘 들어주면 된단다.
이야기를 거들어주는 사람, 횡설수설 지껄이는 상대방의 말을 정리하며 듣는 사람, 틈틈이 말하는 사람에게 적절한 힌트나 아이디어를 주는 사람, 분

위기를 파악하여 대처할 줄 아는 사람이 잘 듣는 사람이란다.

또 남의 말을 잘 듣기 위해서는 내가 대화의 중심이 되려고 하지 말아야 해.

즉, 적게 말하고 많이 듣는다는 생각이 앞서야 한다는 것이지."

• •

학기 초에 뽑은 실장이 한 달이 채 지나지 않아 이민을 가는 바람에, 2학년 3반은 다시 실장 선거를 해야 했어. 서로 자기가 하겠다고 손을 들고 나섰지만 선생님은 투표를 통해 뽑는다는 원칙을 고수했어.

처음 6명의 아이들이 추천을 받았지만 1차 투표에서 2명으로 압축이 되었어. 그러나 강력한 후보는 보나마나 뻔했어. 바로 민지라는 아이였어. 민지는 공부도 잘했지만 무엇보다 반 아이들에게 인기가 높았어. 학기 초에는 후보 추천을 극구 사양한 탓에 실장이 되지 못 했지만 아마 출마했다면 압도적으로 당선되었을지도 몰라.

공부도 잘하고, 얼굴도 예쁘고, 키도 크고, 집이 부유하여 언제나 베푼 탓에 주위엔 친구들이 수두룩했어. 민지와 사귀어 보고 싶어 하는 친구들이 많았던 것이지. 아이들은 민지에게 매료되어 있었어. 자기주장이 뚜렷한 민지는 선생님들조차도 인정할 만큼 논리 정연한 아이였어. 그런 아이라면 어수선한 반을 이끌어갈 적임자라고 생각했지.

"전 제가 약속한 모든 것을 지킬 것입니다. 필요하다면 사비를 털어서라도 반을 위해 필요한 것들을 갖추겠습니다. 제가 실장으로 있는 한 우리 반은 최고의 자리에 있을 것입니다. 저를 뽑아주신 것을 두고두고 기뻐하게 만들겠습니다."

민지는 우레와 같은 박수를 받으며 후보소감을 마쳤어. 당선된 것이나 다름이 없는 분위기였지. 또 다른 후보는 경아였는데, 공부는 잘했지만 그 외의 것에는 두드러진 특징이 없었어.

"솔직히 말씀드리면 저는 여러분에게 약속할 만한 것이 없습니다. 반은 저의 힘만이 아니라 같이 가는 것이라고 생각합니다. 단지 제 힘으로 할 수 있는 일이란 여러분의 소리에 귀를 기울이는 것입니다."

민지처럼 강한 느낌은 없었지만 경아를 좋아하는 아이들도 많았어. 경아는 부드러운 미소가 떠나지 않는 조용한 아이였거든. 모든 면이 평범했지만 편안한 느낌을 주는 것이 경아의 장점이었어.

투표의 결과는 어땠을까? 엄청난 차이로 경아가 반장에 선출이 되었단다. 경아 자신은 물론이고 반 아이들도 믿을 수가 없었어. 인기가 높은 민지를 제치고 경아가 반장에 뽑힌 이유는 무엇이었을까.

말하는 사람이 기분 좋게 자신의 생각을 털어놓을 수 있도록 해 주는 사람, 작고 사소한 이야기일지라도 상대방을 생각하여 참고 들어주는 사람, 그런 사람이 경아였어. 아이들은 편안한 경아를 최후의 승자로 인정해 준 것이었어.

미국의 한 대학에서 말하기 과정과 듣기 과정, 두 과정을 개설했는데 말하기 과정에는 1천 명 가까운 인원이 신청을 했는데, 듣기 과정에는 단 2명만이 신청을 했다고 해. 이를 통해 보면 대부분의 사람들이 듣기보다는 말하기를 좋아한다는 것을 알 수 있어.

성공하려면 먼저 듣는 법을 배워야 한단다. 이건희 삼성그룹 회장의 경영철학은 '경청'이라고 해. 회의 때, 설사 간부가 핵심에서 벗어나는 이야기를 해도 표정을 바꾸지 않고 끝까지 귀를 기울이는 것으로 알려져 있어. 상대방의 말을 잘 들으면 상대의 마음을 제대로 읽을 수 있기도 하고, 또 적절한 말로 상대방의 마음을 사로잡을 수도 있단다.

열심히 귀 기울인 다음, 상대가 이야기하지 않을 때 자기의 의견을 이야기 한다면 잘 듣는 사람이라고 할 수 있어. 남의 말을 경청함으로써 상대방이 말하지 않는 내면의 소리까지 들을 수 있어 자연히 설득의 길도 열 수 있단다.

인기 있는 사람이 되기 위한 작은 비밀 하나. 쓸 데 없는 말을 하는 대신 남의 말에 귀를 기울이자. 그러면 분명 이런 말을 들을 거야.

"말이 이렇게 잘 통하는 사람을 만난 것은 처음이야."

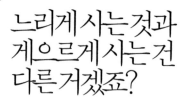

느리게 사는 것과
게으르게 사는 건
다른 거겠죠?

• •

"엄마, 내 마음은 항상 두 가지를 생각해요. '쉬고 싶다, 하지만 밀린
공부 오늘 하지 않으면 안 돼. 이만하면 됐다, 하지만 누구는 더 앞서
가고 있을 거야. 나는 나야, 하지만 남을 의식하지 않을 수 없어.'
늘 이런 식이에요. 게으른 것도 용납할 수 없지만 느린 것도 용납이
안 돼요. 왜 나는 스스로를 못 살게 굴죠? 욕심이 많은 것도 때로는
귀찮은 것 같아요."

"세상을 사는 데 있어 약간의 욕심은 생활의 활력소가 되어 긍정적으로 성
장을 시키지만 욕심이 제 키를 넘어서면 본래 자신의 모습을 알 수 없어.

느리게 사는 것과 게으름은 다르단다. 느리게 사는 것은 주위의 요구나 필

요에 흔들리지 않고 자신의 삶의 리듬에 맞춰 사는 것이고, 게으름은 자신

에게 주어진 몫의 책임과 의무를 기피하며 빈둥거리는 거야.

느림은 남에게 피해를 주지 않지만 게으름은 피해가 되는 것이지. 네가 가

지고 있는 것을 즐기며 마음의 고요를 느끼며 살았으면 좋겠는데."

• •

오늘, 산길을 걸으며 숲 해설가로부터 재미난 이야기들을 많이 들었

단다.

나무 한 그루 한 그루마다 전해져 내려오는 전설은 재미뿐만 아니라

나무의 특색을 이해하는 데 도움이 되었어. 평소 무심코 지나쳤거나

아예 눈길 한번 주지 않았던 나무들을 자세히 볼 수 있는 기회가 되었

고, 마음의 넉넉함까지 한없는 정감을 느꼈단다.

가냘픈 가지에 자잘하게 하얀 꽃이 핀 나무가 있었어.

"이 나무의 이름은 무엇인가요?"

"국수나무랍니다. 아무데서나 자라는 흔한 식물처럼 보이지요?"

"그럼, 귀한 식물인가요?"

"그럼요. 오염되지 않은 곳에서만 자란답니다."

뿌리로 번식하며 100년이 지나서야 꽃을 피우고 생을 마감한다는 산죽의 꽃, 비릿한 냄새가 나는 누린장에 얽힌 전설 등 숲 해설가가 들려주는 나무이야기는 산의 공기가 차가워질 때까지 계속되었단다.

어느 나무, 어느 이야기 하나 인상적이지 않은 것이 없었지만, 특히 숲 해설가의 지칠 줄 모르는 열정에 우리 모두는 박수를 보냈어. 나는 그 분이 어떻게 숲과 나무에 대한 공부를 하고 그 분야에서 일을 하게 되었는지 무척 궁금했어.

"아들 때문이었어요. 의학기술마저 포기한 아들을 자연이 살렸거든요. 덕분에 나도 늦게나마 자연의 위대함과 경이로움 속에서 살고 있지요. 좀 더 일찍 자연을 벗해 살았다면 내 인생은 그만큼 넉넉했을 거예요."

같은 또래의 아들을 둔 내게 특별히 당부도 하셨어.

"아들에게 전해 주세요. 건강해서 공부할 기회가 있으니 축복으로 생각하고 열심히 공부하라고요. 건강하지 못 해 고통 받는 아이에겐 공부하는 것도 큰 소망이거든요."

살랑살랑 서로 봐달라며 잎을 흔들어대는 나무들을 뒤로 하고 산을 내려오며 많은 생각을 했어. 건강하다는 것, 그 하나만으로도 감사해야 하는데 모두 잘하기만을 바라지는 않았는지 엄마도 반성을 했단다.

자연은 내게 느리게, 천천히 걸으라고 말하더구나.

내가 느낀 이 여유와 편안함을 네가 느낄 수 있었다면 얼마나 좋을까?

돌아오는 일요일엔 시간을 내어 산이나 들로 나가보자. 답답했던 너의 마음은 자연이 건네는 악수로 평온해지고, 피곤한 몸은 시원한 바람이 씻어줄 거야.

관계는 두 사람이
시소를 타는 것과 같습니다

아이가 중학교 3학년이던 어느 일요일이었습니다.

"엄마, 나 조금 있다가 친구들 만나러 나갈 거야."

"그래? 그럼, 점심은 친구들하고 같이 먹겠네? 밥 먹고 바로 농구하면 힘들 텐데……."

"농구 안 해. 피시방 갔다가 노래방에 갈 거야."

뭐, 피시방? 또 노래방까지? 아니, 그 청소년 범죄의 온상이라는 피시방엘 가겠다고? 게다가 노래방은 또 뭐야? 갑자기 내 몸과 마음은 엘리베이터가 급정거 한 것만큼이나 철렁거렸습니다. 머릿속에서는 갖가지 비행 청소년들의 모습이 빙빙 돌고, 입술에서는 '안 돼!'라는 말이 금방이라고 떨어질 것처럼 위태롭게 걸려 흔들리고 있었습니다. 휴~.

　하지만 다음 순간, 전 아이에게 고맙다는 생각이 들었습니다. 아이는 숨기지 않았으니까요. 그것은 자신이 떳떳하다는 증거이기도 했습니다. 아마 그때 석연치 않은 반응을 보였다면 아이는 다음부터는 잔소리를 들을 만한 행동에는 입을 다물어버렸을 것입니다. 전 아이에게 음료수 값까지 두둑하게 건네주었습니다.

　그 이전까지 제가 제법 세련된 엄마라고 생각했습니다. 그러나 아이를 지켜줄 방법이 통제 밖에 없다고 생각하는 그저 평범한 보통의 엄마라는 것을 깨달았습니다. 조금이라도 아이의 옷차림이 단정치 못 하면 제가 단정치 못 한 것 같아 견딜 수 없고, 우리 아이 성적이 옆집 아이만 못 하면 제가 그 아이의 부모만 못 한 것 같아 참을 수가 없는 엄마. 자식의 삶과 자신의 삶을 분리시키지 못 하는 엄마. '~하면 어쩌지?'라는 걱정을 수도 없이 떠올리는 엄마. 그러나 아이의 욕구는 엄마가 자기를 이해해 주기 바라고 있었고, 전 그것을 인정해야 했습니다.

　그날, 아이는 늦은 저녁이 되어 돌아왔습니다. 제 마음은 이렇게 묻고 있었습니다. '누구랑 있었어? 너 혹시 못된 애들이랑 어울리는 것은 아니겠지?', '혹시 피시방이랑 노래방에서 담배 피고 그러니?' 그러나 저는 마음을 바꾸어 다른 궁금한 것을 물었습니다. 아주 태연하게……

　"너, 노래 잘 안 하잖아. 노래방 가도 재미없겠네."

"아니야, 나 노래 잘해."

"정말? 무슨 노래를 좋아하는데?"

항상 어린아이로만 생각했던 아들이 들려주는 이야기들은 신선했습니다. 아이는 이제 자신의 눈으로 세상을 경험하고 있었습니다. 아이는 충동적이고 부주의한 10대를 보내고 있었지만 예리한 관찰자이자 논쟁자이기도 했습니다. 귀를 기울여준다는 것만으로도 아이는 인정받고 있다는 확신을 가지는 듯 했습니다.

우리는 밖에서 사람들을 만날 때는 어느 정도 자신을 억제할 수 있습니다. 싫어도 체면이니 예의니 생각해서 상대의 존재를 인정해야 하기 때문이지요. 그런데 가정이라는 틀로 장소를 옮기면 자신을 억제하기가 어려워집니다. 편하게 생각하다보니 아무래도 자기주장이 강해질 수밖에 없습니다. 개인 욕심 중에서 가장 다루기 힘든 것은 자기 의사나 욕망을 상대에게 강요하려는 마음입니다. 즉 자기가 의도하는 대로 상대를 움직이려고 하는 것이지요. 그 상대가 자녀일 때는 더욱 심각해집니다.

"도대체 왜 저 아이는 내 생각대로 움직여주지 않는 거야. 그렇게만 해 주면 우리는 정말 잘 지낼 수 있을 텐데."

그러기 전에 우리가 얼마나 아이의 말에 귀를 기울였는지를 생각해 보아야 합니다. 귀를 기울인다는 것은 자녀들로 하여금 자신이 생각하는 것, 느끼는 것, 알고 있는 것, 보는 것에 대해 말할 수 있도록 모두 허락해 주는 것입니다. 아이들은 어쩌다 입을 열어도 대개는 자기 주장이나 표현을 제대로 하지 못 하는 경우가 많습니다. 이 경우 대개의 부모는 답답한 나머지 아이의 말을 중간에 끊고 일방적으로 훈계를 하려 듭니다. 그러나 인내심을 가지고 끝까지 들어주는 자세가 필요합니다. 눈을 마주치고 고개를 끄덕이거나 맞장구를 쳐주면서 말이지요. '예전에 엄마도 그랬는데'라며 비슷한 고민을 한 적이 있음을 내보이면 동질감과 안도감을 느껴 더 많은 이야기를 털어놓게 됩니다. 아이가 두세 마디 하면 내가 한 마디 한다는 심정으로 들어주어야 합니다.

그리고 말하는 것은 듣는 것과 짝이 되어 '귀를 기울여 듣는 것'을 구성합니다. 10대들은 엄마가 자신의 얘기를 들어주기를 원하지만 또한 엄마가 엄마의 얘기를 해 주기를 원합니다. 엄마가 무조건 '난 괜찮아'라고 말할 때 아이들은 그 대답이 진실이 아니라는 것을 압니다. 아이는 그 대답을 엄마가 거짓말을 하고 있거나, 자기의 말을 거부하고 있다고 생각할 것이 분명합니다. 그래서 아이는 화가 나서 '나도 엄마한테 거짓말할 거야'라고 다짐하며 마음의 문을 닫아버립니다.

엄마는 괜찮다는 말 대신 '그래, 어려운 일이 있어'라고 인정하면서 '그 문제를 이렇게 생각해 볼까 해'라고 말해 줄 수 있습니다. 아이는 관심을 보이며 엄마를 위로해 주고 싶어 할 것입니다. 어릴 때 엄마가 아프다면 호호 불어주거나 눈물을 흘리던 아이의 모습과 같은 것이지요. 따라서 엄마 스스로에 대해 이야기하는 엄마는 어떤 의미에서는 아이의 말에 귀를 잘 기울여주는 엄마이기도 합니다.

때로 10대들은 엄마의 입장을 이해하면서도 양보하거나 굴복하려 하지 않을 때가 있습니다. 이럴 때, 관점이 다르다면 반론보다 설득이 더 효과적입니다.

"말도 안 돼."

"그게 아니야"

이런 말보다 훨씬 더 받아들여질 가능성이 높은 말이 있습니다.

"그 문제를 이렇게 생각해 보면 어때?"

관계는 두 사람이 시소를 타는 것과 같다고 말합니다. 그래서 어느 한 쪽이 일방적으로 무겁고 다른 쪽이 가볍다면 그건 영 재미없는 시소타기가 될 것입니다. 엄마와 10대 자녀 모두 불만과 갈등을 억제하고 살지 않는 재미있는 시소타기가 되어야 합니다.

오늘도 여전히 다루기 어렵고 공격적이고 독립적인 10대는 엄마의 관심과 시간을 필요로 하고 있습니다. 우리는 아이의 말에 담겨있는 거부와 무례함만을 간파하지 말고, 아이의 꿈을 위해 응원해 주는 엄마가 되어야 합니다. 그것이 바로 엄마의 힘이지요.

엄마는 내 아이가 세상에서
가장 소중하다 생각합니다

10대 자녀들을 둔 엄마들과 이야기를 하다보면 공통적으로 하는 말이 있습니다.

"우리 아이는 내 말이라면 무조건 대들고 본다니까."

그래서 엄마들은 자식이 더 이상 자신을 원하지도, 필요로 하지도 않는다고 결론을 내려버립니다. 그런 엄마의 마음은 어떨까요? 또 어떤 엄마들은 엄마가 아는 게 진실이고 자녀가 아는 건 다 쓸 데 없는 거라고 말하기도 합니다. 아마도 여러분은 그런 엄마의 독선에 화가 나 대드는 것이겠지요.

10대 청소년들은 부모의 통제로부터 벗어나 하고 싶은 것을 하고 자신의 길을 가고 싶어 하지요? 하지만 엄마는 끊임없이 참견하고 시시

콜콜 알고 싶어 하고 엄마의 판단에 따라 자녀를 이끌려고도 합니다. 그러다 보면 여러분들은 자신이 무시당하거나 전혀 이해받지 못 한다 며 기분 나빠합니다. 그리곤 화를 내지요. 그래서 대화는 언제나 싸움 으로 끝나버립니다.

10대는 자신이 누구인지, 어떤 사람이 되고 싶은지를 강렬하게 느끼 지만 표현력이 거기에 미치지를 못 합니다. 그리고 이런 부족함을 엄 마의 부족한 이해 탓이라고 돌립니다. 전처럼 표정만 바뀌어도 알아채 던 엄마가 아닌 것이지요. 엄마는 똑같은 질문을 또 하고, 말해 줘도 잘 듣지도 않고 자꾸 엉뚱한 소리만 하지요. 결국 여러분은 화가 납니 다. 그렇다고 꼭 엄마에게만 화를 내는 것도 아니겠지요. 화가 나는 것 은 분명한데 구체적으로 무엇을 향한 것인지, 누구를 향한 것인지 잘 모르겠고, 막연하지만 '사람들은 왜 나를 몰라주나'라는 마음에 더욱 기분이 상합니다.

그런데 엄마의 입장에서는 정말 이해가 가지 않아 묻는 것이랍니다. 10대의 생각만큼 엄마가 업데이트 되는 데는 시간이 필요하답니다. 엄 마 입장에서는 10대의 생각과 행동을 따라가기에는 그만큼 더딘 것이 지요. 아마 엄마는 화가 날 정도로 느리게 반응할지도 모릅니다. 이때, 엄마를 무지하다고 생각하지는 마세요. 여러분 역시 예전의 말 잘 듣 던 예쁜 아이는 아니거든요. 여러분이 내는 짜증이 엄마를 무시한다고 보기 때문에 엄마는 어떻게 네가 나에게 이럴 수 있느냐며 당황스러움이 화로 변하는 것입니다.

어떤 10대는 엄마가 자기에게 너무 무관심하다고 생각하기도 합니다. 그러나 자녀들이 10대일 때 엄마 역시 인생에서 가장 바쁜 시기를 맞이합니다. 이때가 엄마에게는 인생의 황금기인 셈이지요. 가정에서나 직장에서나 엄마의 커리어는 전도유망하게 펼쳐집니다. 엄마를 끊임없이 필요로 하는 여러분 입장에서 보자면 엄마가 자식에게 관심을 덜 가지는 것처럼 보일 수도 있답니다. 그래서 여러분은 엄마가 필요하다는 것을 간접적으로 표현하며 오히려 엄마를 밀어내는 것처럼 행동하기도 하는 거지요? 하지만 엄마의 마음속에는 여러분에 대한 애정만큼 소중한 것이 없다는 것을 알아야 합니다.

만약 여러분이 자신이 못 생기고 바보 같다고 말하면 엄마는 단호하게 말할 것입니다.

"바보 같은 소리하지 마."

또, 어려운 일을 앞에 두고 자신이 없다고 말하면 이렇게 말할 것입니다.

"왜 못 해, 넌 충분히 할 수 있어."

엄마들은 자녀가 현재의 상황, 자신의 미래에 대해 부정적인 견해를 말하면 그런 견해들이 터무니없다고 잘라버리기도 합니다. 왜냐하면 엄마는 내 자식이 대단하다고 생각하기 때문입니다.

"공부만 열심히 하면 돼."

생각도 고민도 많은데 엄마는 언제나 이런 결론을 내리지요? 고민을 들어줄 상대도 고민을 털어놓을 시간도 필요한데 말이지요. 그러나 그 말 이면을 보면 자식에 대한 믿음이 가득한 것을 알 수 있습니다.

여러분은 가장 빛나는 시기를 살고 있는 존재입니다. 청소년기는 변신과 변화의 시기입니다. 스스로에 대해 새로운 방식으로 생각하는 시기일 뿐만 아니라 주변의 세상을 새로운 시선으로 바라보기 시작하는 시기입니다. 그래서 10대 때는 다소 부자연스러워 보이는 변화를 시도합니다. 그 나이에 할 수 있는 방법을 동원해 자신의 두려움을 치료해 보려는 것이지요. 당연히 마음대로 되지 않는 것이 많을 수밖에요.

또 나는 없는데 남은 가지고 있는 것에, 나는 못 하는데 남은 잘 하는 것에 마음을 빼앗기기도 하지요. 또 나에게 분명히 있는 것이기는 한데 남에게도 있는 것을 확인하게 되면 내 것이 바로 빛을 잃어버리는 때이기도 하고요. 이러한 것은 가끔 알 수 없는 분노로 변하기도 합니다. 하지만 억누르려고만 해서는 안 됩니다.

심리학자들은 이구동성으로 감정을 억압하지 말라고 이야기합니다. 거기에는 그만한 이유가 있습니다. 억압된 감정은 그대로 얌전하게 사라지는 것이 아니라 반드시 사고를 내기 때문이지요. 그렇다고 분명하지 않게, 방향감 없이, 통제하지 못 하는 감정으로 화를 내는 것도 바람직하지 않아요. 그렇게 화를 내면 결국 저 애의 분노는 중요하지도 않으며, 저 애의 말은 귀담아들을 필요도 없다는 확신만 심어주게 되는 것이지요.

대화로 마음을 풀어야 합니다. 특히 엄마와의 대화는 여러분의 가치관을 정립하고 목표를 설정할 수 있도록 도와주고, 새로운 자아를 이해받고 인정받는 편안한 시간이 될 것입니다. 거리낌 없이 말하고, 자기주장을 표현하고, 불평을 하면서라도 의사소통을 위한 시도를 해 보세요. '엄마가 내 마음을 어떻게 알겠어'라고 단정지어서는 안 됩니다. 엄마 역시 그 시기를 겪었고, 그보다 더한 복잡하고 어려운 일도 헤치며 살아왔으니까요.

엄마는 내 아이가 잘 생겼는지 못 생겼는지, 머리가 좋은지 나쁜지에 대해 알고 있습니다. 다 알고 있지만, '그럼에도 불구하고' 엄마는 내 아이가 세상에서 가장 소중하다고 생각합니다. 이런 엄마에게, "난 더 이상 엄마의 도움이 필요없어"라는 말 대신 이렇게 말해 보세요. "엄마가 인정해 주지 않으면 난 나를 믿을 수 없어. 그러니 나를 믿어 줘."

아마 엄마의 대답은 수만 가지 향기가 되어 여러분을 미소 짓게 할 것입니다.

엄마의 이름으로 너의 꿈을 응원한다

초판 1쇄 발행 2009년 2월 15일
초판 2쇄 발행 2009년 3월 10일

지은이 박자숙
펴낸이 김선식
펴낸곳 다산북스
출판등록 2005년 12월 23일 제313-2005-00277호

PD 박은정
DD 이인희
다산에듀 이선아, 박은정
마케팅본부 곽유찬, 민혜영, 이도은, 허미희, 박고운
저작권팀 이정순, 김미영
홍보팀 서선행, 강선애, 정미진
광고팀 한보라, 김태수
디자인본부 최부돈, 김희림, 손지영, 이인희
경영지원팀 방영배, 김미현, 이경진, 유진희
미주사업팀 우재오

주소 서울시 마포구 염리동 161 - 7번지 한청빌딩 6층
전화 02-702-1724(기획편집) 02-703-1723(마케팅) 02-704-1724(경영지원)
팩스 02-703-2219
이메일 dasanbooks@hanmail.net
홈페이지 www.dasanbooks.com

필름 출력 스크린그래픽센타
종이 신승지류유통(주)
인쇄·제본 영신사

ISBN 978-89-92385-85-7 03810